응급실 이야기

응급실 이야기

ⓒ 공성식, 2024

초판 1쇄 발행 2024년 2월 22일

지은이   공성식
펴낸이   이기봉
편집   좋은땅 편집팀
펴낸곳   도서출판 좋은땅
주소   서울특별시 마포구 양화로12길 26 지월드빌딩 (서교동 395-7)
전화   02)374-8616~7
팩스   02)374-8614
이메일   gworldbook@naver.com
홈페이지   www.g-world.co.kr

ISBN   979-11-388-2792-8 (03810)

공성식
지음

서울대병원 전공의 일기

응급실 이야기

좋은땅

의과대학 학생 때부터 요즘은 인기 없는 '바이탈'을 전공하고
싶었습니다. 그리고 삶과 죽음의 최전선에는 응급의학과가 있었
습니다. 수련 과정이야 당연히 힘들겠지만 그래도 수련이 끝나
면 '그래도 내가 젊을 때 4년간 서울대학교 병원 응급실을 지켜
냈다'라는 자부심과 낭만을 갖고 살 수 있을 것 같아 서울대학교
응급의학교실에 입국했습니다. 하지만 그 과정은 각오했던 것보
다 더욱 힘들어서 몸도 마음도 많이 닳아 버렸고 전문의가 될 날
만 기다리며 앞만 보고 달려왔습니다.

내 한 몸 겨우 건사하며 몇만 명의 환자들을 진료해 왔는데 이
제 끝날 날이 다가오니 주위를 다시 둘러보게 됩니다. 돌이켜 보
면 우리 응급실에서도 어느 이탈리아 가수의 말처럼 여러 사람
들의 삶이 흐르고 폭탄처럼 터지고 있었습니다. 일기장에 담아
두었던 그 환자들의 이야기를 꺼내 봅니다. 이 모든 이야기들은

서울대학교병원, 분당서울대학교병원, 보라매병원에서 경험했던 일이지만 누군가에게는 잊고 싶은 기억일 수 있기 때문에 지나치게 특정되지 않길 바랍니다.

'우리는 그 시절 빛나고 있었을까요?'. 저의 삶을 지탱하는 한 구절입니다. 늘 보람 있게 살려고 노력했습니다. 너무나 힘든 수련과정이었지만 저의 청춘은 값진 경험으로 빛나고 있었습니다.

목차

● **2부**

1부

1. 한 마음이 되어

　55세 남자 환자가 집에서 쓰러진 채로 발견되어 들것에 실려서 응급실로 내원했다. 노모와 둘이서 거주하고 있었고 맨날같이 술을 먹는 알코올성 간경화가 있는 환자였다. 오늘도 새벽 다섯 시 반까지 집에서 혼자 술을 마셨다. 노모가 아침에만 해도 잘 있는 걸 봤는데 잠깐 외출했다가 돌아와 보니 부엌에 쓰러져서 의식을 못 차리고 횡설수설하고 있었다고 했다. 이송하는 길에 잠깐 1분 정도 경련도 했다. 환자는 경련하면서 혀를 씹었는지 피를 약간 흘린 자국이 있었고 '으아아' 소리 지르면서 검진을 할 수 없을 정도로 발버둥 치는 모습이었다. 이렇게까지 환자가 불안정한 경우는 아주 높은 확률로 뇌출혈이 있다. 경련도 술 때문에 했을 수도 있겠지만 그보다는 뇌출혈 때문에 했을 가능성이 더 높았다. 빠르게 두부 CT를 확인했다. 역시나 다량의 뇌출혈이 확인되었다. 좌측 뇌와 두개골 사이의 공간에 2.5cm 정도의 두께로 경막하 출혈(Subdural hemorrhage, SDH)이 넓게 퍼져 있었다. 그냥 갑자기 출혈이 생긴 건 아니고 술 취한 상태로 미끄러지면서 머리를 다친 것 같았다. 양이 적고 환자도 두통 정도 외에 다른 신경학적 징후가 없는 사람들은 그냥 지켜보기도 하지만, 이 환자는 양 자체가 너무 많았고 의식도 멀쩡하지 않으니 수술을 할 가능성이 많았다. 그리고 증상이 악화되는 속도나 출혈이 퍼지는 정도도 수술 여부, 수술의 종류를 결정할 때 중요하기 때문에 우리 병원 신경외과에서는 얼마간의 시간 뒤에 CT를 한 번 더 촬영해서 추세를 보기로 했다. 두 시간쯤 되었나, 추가 CT를 촬영하고 나온 직후에 환자가 다시 한번 경련을 했다. 처음에는 강하게 발버둥 치는 모습도 있었던 사람이 반응도 약간씩 떨어졌다. 출혈량이 증가했을 수도 있고, 출혈량은 큰 변화 없더라도 피 때문에 뇌가 압박받으면서 증상이 생기는 것일 수도 있었다. 곧 전산에 확인된 CT에서는 출혈이 약간 더 증가한 모습이었다. 예상보다 더 빠른, 그리고 꽤 큰 수술이 필요했다.

의식이 떨어진 환자에 대해 객관적으로 평가하고 소통하기 위해서는 정확한 기준이 필요하고, 의학에서는 눈을 잘 뜨는지 말을 잘 하는지 몸을 잘 움직이는지에 따라서 점수를 측정하는 척도인 글래스고 혼수 척도(Glasgow Coma Scale, GCS)를 계산한다. 의식이 떨어지는 환자는 스스로 숨을 못 쉴 수 있어서 인공호흡기를 적용해 줘야 하는데 그 기준이 8점이다. 이 환자는 처음에 12점은 되었는데 점차 의식이 떨어져서 4~5점이 될까 말까 할 정도로 악화되었다. 신경외과에서는 수술 준비를 했고 나는 인공호흡기를 적용할 준비를 했다.

　인공호흡기를 적용하기 위해서는 입을 통해서 성대 아래의 숨길인 기관(Trachea)에 튜브를 넣는 '기관삽관'을 한다. 전신마취하고 수술받을 때와 거의 동일한 과정이다. 환자의 머리를 약간 젖히고, 왼손으로는 니은(ㄴ) 자로 생긴 후두경(Laryngoscopy)을 잡고 혀를 걷어 내고 날의 끝은 후두개(epiglottis)의 약간 위쪽에 위치시켜 들어 올려 성대를 노출시킨다. 성대가 엄청 잘 보이진 않고 1cm 크기가 되지 않게 작게 보이는데 그리로 새끼손가락 굵기의 튜브를 진입시키면 된다. 맨눈으로 보면 성대가 생각보다는 잘 안 보이기 때문에 요즘은 조금 더 편하게 삽관할 수 있도록 끝에 카메라가 달린 후두경(Video laryngoscopy)이 있어서 도움받기도 한다. 이런 '기관삽관'은 아프고 구역질 나고 무서워 맨정신으로는 당할 수 없는 술기라서 하기 전에 충분한 양의 수면제와 함께 근육을 마비시키는 약을 사용한다. 하지만 만약 삽관에 실패하면 애초에 의식이 없어서 불안한 환자에게 마비시키는 약까지 사용한 상태인데 숨을 쉬게 할 수가 없는 끔찍한 상황이 생기기 때문에 늘 긴장감을 갖고 시행한다. 기관삽관에 실패해서 산소 수치가 떨어지며 기계 알림음도 같이 음정이 낮아지는 그 공포감을 응급의학과 의사들은 한 번씩 느껴 봤을 것이다.

그렇게 늘 하던 것처럼 이 환자에게도 기관삽관을 하기 위해 수면제를 쓰고 근육을 마비시키는 약을 사용했다. 산소 수치는 100으로 안정적이었다. 왼손으로 비디오 후두경을 들고 입을 벌렸는데… 맙소사…. 아까 두 차례 경련하면서 혀를 씹은 것 때문에 혀가 너무나 많이 부어 있었다. 실수로 혀를 씹는 것과 다르게 의식 없이 경련하며 씹은 것이니 혀의 오른쪽 부분이 거의 갈기갈기 찢기면서 탁구공 두 개 크기로 부풀어 있어 후두경이 도저히 진입이 안 되었다. 첫 번째 시도 실패. 비디오 후두경은 편한 대신에 기본 후두경(Direct laryngoscopy)과 다르게 추가 장비가 붙어 있는 것이니 크기가 더 크고 시술 반경이 좁다. 비디오 후두 경으로는 절대 불가능했다. 기본 후두경으로 시도하기로 했다. 어찌어찌 혀를 젖혀 내긴 했는데 굳은 피 뭉치와 일부 뜯어진 혀 조직 등으로 시야가 잘 확보되지 않았다. 우선 석션 해서 피와 떨어져 나온 조직을 걷어 내는 정도로 빠르게 포기했다. 두 번째 시도 실패. 앞서 언급한 것처럼 기관삽관을 할 때는 수면제뿐 아니라 근육을 마비시켜 버리기 때문에 빠르게 성공하지 못하면 숨을 쉬지 못해 산소 수치가 급속도로 떨어진다. 이 환자는 혀가 부은 것 때문에 산소 주머니로 열심히 짜 주어도 한계가 있다. 산소 수치가 90에서 오르지 않았다. 산소 수치가 90이 되지 않으면 혈액에 남은 산소량이 얼마 없는 것이라 삽시간에 문제가 생긴다. 두 번의 실패와 산소포화도 90. 마지막 시도였다. 그래도 한 번 피 뭉치와 조직들을 걷어 내고 해서인지 이번에 못 하면 죽는다는 생각으로 해서인지, 왼팔이 후들거릴 정도로 강하게 혀와 후두를 들어 올리니 이번에는 그래도 성대가 1/3 정도 보였다. 약간 보이는 성대에 튜브를 걸어서 욱여넣었다. 겨우 성공했다. 산소포화도는 80이었다. 다리가 떨려서 서 있을 수가 없었다. 자리에 앉으니 손도 덜덜 떨렸다. 수련하며 두 번째로 끔찍했던 기관삽관이었다.

    고난은 여기서 끝나지 않았다. 환자의 산소 수치가 어느 정도 이상에서 더 회복되지가 않았다. 튜브 자체는 잘 들어갔고 환자는 폐가 안 좋은 것이 아니라 의식이 떨어져서 예방적으로 인공호흡기를 적용한 것이니 산소 수치가 떨어질 이유가 없었다. 산소 농도를 끝까지 높여도 회복이 되질 않았다. 신경외과 스탭(내 대학 동기였다)이 수술방은 열어 뒀고 환자를 이송만 하면 수술할 수 있는데 이송이 불가능한 수준이었다. 급하게 X ray를 불러서 확인해 보니 우측 아래쪽 폐가 약간 오그라들기 시작하는 모습이었다. 초음파로 추가로 평가해 봤다. 정상 폐는 호흡에 따라 미끌미끌 잘 움직이는 모습이 초음파에 보이는데 해당 부위에는 폐가 움직이지 않았다. 이 환자에게 폐 전반적으로 문제가 생긴 것이 아니라 우측 아래쪽 폐에 국한된 무기폐(Atelectasis)가 갑자기 이렇게 시작되는 건 이유가 하나밖에 떠오르지 않았다. '이물'. 예를 들어 소아가 땅콩을 잘못 삼켜서 숨길에 들어가면 우측 아래에 박힌다. 왼쪽 숨길은 약간 기울어져있는데 오른쪽 숨길은 거의 수직에 가깝게 떨어지기 때문이다. 이 환자의 기관삽관 두 번째 시도 때 혀 조직과 피떡들이 엉겨서 걷어 내고 빼낸다고 고생했는데 그 조직 일부가 우측 아래의 기관지에 내려가서 박힌 모양이었다. 뇌출혈이 너무나 심각해서 수술을 안 하면 죽게 생겼고 수술방에 신경외과 스탭이 이미 대기하고 있는데, 폐에 문제가 생겨 산소 수치가 회복되지 않아 이송하지 못할 정도니 정말 난처했다. 심지어 정황상 이물로 생각되는 걸 제거해야 하는데 이물은 제거할 때도 일반적인 기관지 내시경(Portable flexible bronchoscopy)으로 하지는 못하고, 훨씬 굵고 단단한 고정대가 있는 경직성 기관지 내시경(Rigid bronchoscopy)으로 할 수 있는데 이것 또한 응급실에서는 못 하고 수술방이든 시술방이든 이동해서만 할 수 있는 도구였다. 심지어 우리 병원에서는 일반 기관지 내시경이라도 응급실까지 와서 해 주는 건 거의 본 적 없었다. 게다가 시술을 의뢰할 때는 CT에서 확인되는 이물 등 객관적인 증거가 있어야 하는데 초음파는 검진한 사람이 아니면 알기 어렵고 그렇다고 CT를 촬영할 수 있는 상태도 아니었다. 이판사판이었다. 고민할 시간도 없고 이미 오후 네 시가 넘은 시간이라 시술방들이 마감할 시간이 되어서 호흡기 내과 전문의에게 그냥 전화를 걸었다.

"선생님 응급의학과입니다. 외상성 뇌출혈로 수술(Craniectomy)

해야 하는 환자인데 기관삽관하고 나서 인공호흡기가 잘 안 걸려서 산소를 끝까지 끌어올렸는데 겨우 유지되는 수준이거든요. X ray 보면 우측 아래쪽 폐에 무기폐(Atelectasis)가 생기고 제가 초음파 봤을 때 그 부위가 안 움직이는데요(우리끼리는 'Lung sliding이 없다'라고 한다), 아까 경련하면서 혀 씹으면서 생긴 혀 조직이 거기로 넘어갔나 봅니다. 확실합니다. 기관지 내시경으로 좀 빼야 하겠습니다."

"상황은 알겠는데요, 하더라도 경직성 기관지 내시경으로 해야지 그냥 응급실에서 일반 기관지 내시경으로 하면 힘이 약해서 잘 안 빠져나와서 어려울 것 같고 무엇보다 잘 아시겠지만 기관지 내시경 하면 뇌압이 오르기 때문에 뇌출혈 있는 환자에게는 할 수가 없습니다."

"선생님, 신경외과 스탭이 지금 수술방 열고 거기서 대기하는 중이라 내시경 후에 바로 수술방 갈 수 있고, 수술 안 하면 무조건 죽는 거라 방법이 없습니다. 그리고 딱딱한 이물이 아니라 조직(Tissue) 정도라서 한번 빼 보면 안 될까요?"

"…알겠습니다. 수술 바로 할 거고, 이것밖에 방법 없다고 하면 한번 해 볼게요. 근데 제가 정말 하기 싫어서가 아니라 발목이 부러져서 목발 짚고 다니는데 직원들이 다 퇴근해 버려서… 혼자 목발 짚고 기계를 들고 갈 수가 없는 상황이라 아무나 한 명만 좀 와 주심 안 될까요."

하필 인턴들도 다 다른 일 하러 가서 갈 사람이 없어 내가 잠깐 다녀오기로 했다. 가 보니 정말로 발에 깁스를 하고 목발을 짚고 계셨다. 서로 멀리까지 불러서 죄송하다며 얼른 응급실로 향했다. 호흡기 내과 선생님은 이럴 수 있나 싶을 정도로 목발 짚고 엄청난 속도로 나보다 빠르게 움직여 주셨다. 우여곡절 끝에 기관지 내시경으로 들여다보니 예상처럼 우측 아래에 이물이 박힌 게 보였다. 내시경 힘이 달릴 것 같아 걱정했지만 다행스럽게도 이물을 그대로 뽑아낼 수 있었다. 생각했던 대로 혀 조직이었다. 새끼손가락 두 마디 정도 다량의 이물을 뽑아내자마자 환자의 폐와 산소수치는 매우 안정화되어 곧바로 수술방으로 이동할 수 있었다.

이런 혼란을 거쳐 환자는 당일에 꽤나 빠른 시간에 두개골을

덜어 내서 압력도 빼 주고 피떡을 제거해 주는 수술(Craniectomy & hematoma evacuation)을 받았다. 원래 이런 두개절제 수술은 워낙에 안 좋은 사람에게 생명 유지 목적으로 하는 것이라 약 절반 가까이는 사망하거나 생존하더라도 큰 후유증이 남는데 이 환자는 회복이 순조로웠다. 3주 뒤에는 열어 뒀던 두개골을 다시 덮었다. 5주가 된 시점, 오른쪽 약지와 새끼손가락에 약간의 힘이 떨어지는 건 있었지만 일상생활에는 문제가 없는 상태로 퇴원할 수 있었다. 어려운 기관삽관을 해내고 이물에 대해 빠르게 평가해 낸 이름 없는 응급의학과 의사, 이례적인 요청에도 목발을 짚고 달려온 호흡기 내과 의사, 수술방을 열고 한참을 기다려 준 신경외과 의사가 한 마음이 되고 한 팀이 되어서 이렇게 훌륭한 결과를 만들어 낼 수 있었다.

수술 후 6개월이 된 시점, 대학 동기였던 신경외과 스탭이 외래에서 마지막으로 진료하며 남긴 기록이다.

"금주 성공!!
직장 복귀, 아르바이트도 한다.

병원은 졸업. 더 안 오서도 됩니다.

금주 유지하시고 행복하게 사세요."

2. 무명의 등대

30대 후반의 그 산모는 3년 전 내성균(ESBL producing E. Coli)에 의한 콩팥 농양으로 치료받은 적 있었고 작년에는 새 식구가 생길 뻔했지만 미처 20주를 채우지도 못하고 유산을 했었다. 이번에는 26주까지 잘 키웠는데 갑자기 열이 나고 혈압이 떨어져서 연고지 근처 응급실을 방문했었고, 임산부라서 자신이 없으니 큰 병원으로 곧바로 가라며 해열제만 맞고 우리 병원으로 왔다.

수축기 혈압이 60대로 너무 낮았다. 임산부는 정자세로 누우면 심장으로 들어가는 혈관인 하대정맥(Inferior vena cava)이 자궁에 눌려 혈압이 낮아지기도 하기 때문에 이런 경우에는 대

혈관이 덜 압박되도록 왼쪽으로 누운 자세를 유지한다. 그럼에도 산모의 혈압은 큰 차이 없었다. 패혈증이었다. 검진해 보니 우측 옆구리 통증이 있고 두드렸을 때 울리며 아픈 것이 콩팥 감염인 신우신염에 의한 패혈증이 의심되었다. 패혈증을 치료할 때는 환자에게 적절한 항생제를 빠르게 투약하고, 적정 수준의 수액을 몇 시간 안에 투여하면서 필요하면 혈압을 일정 수준 유지하기 위해서 혈관수축제를 사용해야 한다. 그런데 환자는 약이라고는 거의 타이레놀 외에는 안전하게 사용할 수 없는 임산부였다.

"예전에도 요로 감염으로 고생하셨던 기록이 있는데 이번에도 생긴 것 같습니다. 그런데 이번에는 그때보다 더 안 좋아서 균이 퍼져 패혈증에 빠졌습니다. 많이들 사망하는 위험한 상태입니다."

여기까지만 말했는데 환자는 마음이 여린지 벌써 눈물을 글썽거렸다. 남편은 참 든든하게 느껴지는 분이었는데 옆에서 손잡아 주고 말없이 토닥여 주고 있었다.

응급실 이야기

"올해 또 힘들게 얻은 아이인 것 아는데 그래도 산모가 태아보다 더 중요하고 최악의 경우에는 태아는 포기해야 할 수도 있습니다. 그래야 다음 기회라도 생각할 수 있습니다."

이제 눈물을 뚝뚝 흘리고 있다.

"최대한 태아에게 덜 해롭도록 많이 신경 쓸 테니까 잘 버텨 봐요. 모든 약은 쓰기 전에 제가 알려 드릴게요. 내성균 항생제는 임산부 B 등급이니 꽤 괜찮아서 얼른 씁시다."

한 시간 반 정도 지났을까. 항생제가 들어가고 수액도 3리터 가까이 들어갔는데도 혈압이 겨우 유지되는 수준이었다. 이렇게 초기 처치를 했는데도 불안정한 '패혈증 쇼크'에 빠진 경우에는 항생제만으로는 이겨 낼 수 없고 곪아 있는 부위를 찾아 시술로 해결해 주어야 하는 경우가 많다. 하지만 이번에도 문제는 환자가 임산부인 것. 태아에게 방사선이 노출될 위험성 때문에 복부 CT도 촬영할 수 없고, MRI는 대기시간도 길고 촬영 시간 자체가 너무 오래 걸려 불안정한 환자에게 사용할 수 없는 도구였다. 남은 수단은 초음파인데 영상의학과 초음파실로 이송해서 검사하기에는 역시 너무 위험했다. 우선 급한 대로 응급실에서 내가 초음파를 대어 보았다.

우측 콩팥에 소변이 방광으로 못 내려가고 고여 있는 '수신증'이 확실히 심했는데 산모가 생리적으로 가질 수 있는 수신증 정도가 아니었다. 곪은 여드름을 짜내듯 고여서 곪은 수신증은 배액 할 필요가 있었다. 경피적 콩팥 창냄술(Percutaneous ne-phrostomy, PCN)로 곪은 소변이 빠져나올 카테터를 삽입해야 하는데 콩팥에는 혈관이 많아 시술이 아주 간단하진 않아서 '형광 투시(Fluroscopy)'라고 하는 X ray를 보면서, 시술 후에 콩팥의 중심으로 카테터가 잘 들어갔는지 조영제를 쏴서 흐름을 확인하게 된다. 하지만 이번에도 문제는 산모라는 것. 앞서 언급했듯이 방사선이 나오는 형광 투시는 태아에게 극도로 해롭다.

아직 태아를 포기할 정도는 아니었고 해가 될 수 있는 것들은 최소한으로 사용하고 싶었다. 게다가 보통은 시술을 의뢰할 때 CT나 MRI 등 객관적인 검사를 바탕으로 하거나, 정규 초음파 검사를 시행한 영상의학과 전문가의 소견이 있어야 하는데 이번에는 그럴 수 없는 상황이었다. 영상의학과 시술을 담당하는 저명

한 교수님께 시술의뢰 협진 편지를 이례적으로 허심탄회하게 쓰기로 했다.

'윤○○ 교수님

30대 후반의 26주 산모입니다. 작년에 한 번 유산을 했고 이번에는 다행스럽게도 오래 잘 키워 왔습니다. 이번에는 우측 신우신염에 의한 패혈증 쇼크로 내원했고 많이 불안정합니다. 정규 초음파라도 시행한 이후에 의뢰드리려 했는데 너무 불안정해서 초음파실 이송할 시간이 없습니다. 대신 제가 방금 시행한 초음파 사진을 첨부합니다. 우측 수신증이 심해서 PCN을 해야 할 것 같습니다. 어렵게 얻은 태아고 산모 연령을 생각하면 이번에 유산하면 다음 기회가 없을 수도 있습니다. 형광 투시와 조영제를 쓰지 않고 초음파 유도하에 PCN을 부탁드립니다.'

의사들이 늘 버릇처럼 무미건조하게 협진 쓰는 '안녕하십니까. 상기 환자 PCN 의뢰 드리오니 바쁘신 중 고진 선처 바랍니다'가 아니었고 아무나 못 하는 정말 위험한 시술을 부탁드리는 간절한 편지였다.

곧 짧지만 든든한 회신이 달렸다.

'네, 금일 초음파 유도하 PCN 시행하겠습니다'

환자와 보호자에게 상황을 다시 설명했다.

"항생제만으로는 버티기가 힘들 정도로 곪은 것이 심하네요. 혈압이 더 떨어지면 혈압 올리는 약을 써야 하는데 임산부라 쓸 수 있는 약이 거의 없습니다. 저도 여러 논문을 찾아보니 혈관 수축제 하나가 그나마 덜 해롭다고 해서 우선 준비는 해 둘 거고, 나중에 위험할 때 최소한으로 쓸게요. 앞으로 며칠간 안 좋아질 수 있는데 항생제만 믿고 있을 수도 없고 혈압 올리는 약을 마음 놓고 쓸 수도 없어서 오늘 곪은 부분을 빼내는 시술을 할 겁니다."

산모는 아까 다 울었는지 이제는 안 운다.

급한 처치는 다 되었고 시술도 곧 할 것이니 항생제 사용하면서 입원해서 경과를 보는 일만 남았다. 하지만 이제는 어디로 입원할지가 문제였다. 산부인과에서는 아주 간단한 요로 감염 정도는 몰라도 패혈증 쇼크에 빠진 환자는 볼 줄 모르니 입원하기 어렵다는 입장이고, 내과에서는 산모는 일반 성인과 다른데 산부인과에서 보는 게 맞지 않냐 하는 의견이었다. 난처했지만 둘 다 일리가 있는 말이었다. 결국 응급의학과 응급 중환자실로 입원해서 치료를 이어 나가기로 했다.

언제나처럼 시술은 잘 끝났고, 다행스럽게도 중환자실에서의 경과가 좋아 환자는 혈관수축제에 반나절밖에 노출되지 않았으며 3일 뒤에 중환자실을 벗어났다. 5일 뒤에 콩팥에 넣어 둔 배액 주머니도 제거했으며 2주 뒤에 안전하게 퇴원했다.

몇 달 뒤, 평소처럼 출근했는데 응급실 환자 목록에 '임산부' 표시가 붙은 반가운 이름의 환자가 며칠 경과 관찰 위해 산부인과에 입원 대기 중인 것을 발견했다.

"안녕하세요. 이제 34주네요. 거의 다 키웠네요! 저 기억하세요?"

마음 약한 그 산모는 나를 보니 또 눈물을 쏟고 남편은 벌떡 일어나서 모자를 벗고 꾸벅 90도로 인사를 했다.

얼마 뒤 이들 부부는 무사히 새 식구를 얻었고, 산모도 아이도 건강하게 잘 살아가고 있다.

환자들은 우리 응급의학과 의사들을 보고 찾아오지는 않는다. 가까워서, 119가 데려다줘서, 다른 병원에서 안 받아 줘서, 병원이 유명해서, 외래에 유명 교수님께 다니던 중이니까 이 응급실로 찾아온다. 그러고는 누군가 마침 그 시간에 근무 중인 응급의학과 의사에게 배정이 되어 잠깐 스쳐 지나간다. 이렇게 우리는 이름 없이 살아가고 있지만 급박한 상황에서는 그들이 의지할 유일한 의사이기도 했고, 난처한 때는 갈피를 잡아 주는 등대이기도 했다.

3. 곡기를 끊다

크게 아픈 곳은 없지만 기력이 자꾸 떨어진다는 80대 후반의 할아버지가 응급실로 내원했다. 최근 들어 입맛도 없고 잘 못 먹어서 일종의 탈수 상태에 놓이게 된 것이고 이로 인해 콩팥 기능이 저하된 '급성신부전(Acute kidney injury)'이 확인되었다. 노인은 젊은 사람과 달라서 여러 장기들이 취약해 며칠 못 먹는 것으로 신부전에 빠지게 되기도 한다. 나아질 만한 요인이 있는 것도 아니고 원인이 해결된 것도 아니어서 이대로 귀가하면 분명 더 악화될 것이라 수액치료 등의 '보존적 치료'를 위해 응급병동으로 입원했다. 환자는 흔한 이 나이대의 노인들처럼 약간은 여위었고 말씀은 거의 안 하시지만 치매도 없이 명료하게 대화도 되었고 정말로 '아파 보이는 곳'은 없이 조용하고 평온하게 창가 자리에 누워 있었다.

상태와 체중에 따라 차이는 있지만 이런저런 문제로 입원까지 한 '급성기 상태의 환자'는 대략 하루에 최소 1L에서 2L 정도의 수분이 필요한데, 초고령의 노인이 콩팥 기능까지 저하되어 있으면 심장도 같이 부담을 느끼게 되며 이 정도의 수액도 몸에서 잘 소화해 내지 못하는 경우가 허다하다. 잘 소화해 내지 못하면 수분이 소변으로 미처 다 빠져나오지 못하고 폐로 빠져나와서 폐부종이나 흉수를 만들고, 쉽게 생각해서 '물에 빠진 상태'가 되는데, 치료하다가 환자를 물에 빠뜨리는 것은 경험이 적은 저년차 전공의들이나 외과계열 병동에서 많이 하는 실수이기도 하다.

우리 응급병동은 응급의학과 전공의 두 명이 한 달 동안 번갈아 가면서 근무를 하는 시스템인데 한 명이 30명의 '급성기 입원 환자'를 24시간 동안 맡아서 보면서 호전되어 퇴원할 사람은 퇴원시키고, 입원이 3일, 5일 장기화되는 일부 환자는 내과 병동으로 연계를 시킨다. 이렇게 퇴원하거나 전동하여 비게 된 자리로는 다시 새로운 환자가 올라와 곧바로 채워 버리니 하루에 입원환자 약 40명을 보게 되며 24시간이 흘러감에 따라 몸도 마음도 점점 피폐해져 가다가 다음 날 아침에 출근한 깨끗하고 체력이 있는 전사와 교대를 한다. 그리고 하루 뒤에 다시 너덜너덜해져 버린 어제의 패잔병과 교대를 해 주는 엄청난 근무강도로 생활한다. 일반적으로 대학병원 전공의 한 명이 15명 전후의 입원환자를 담당하니 비교가 잘 되리라 생각한다. 물론 우리 의사들은 치열한 수험생 시절과 의과대학 시기를 잘 살아 냈듯이 어떻게든 다른 욕구를 줄여 가며 적응하는 동물이라서 어느 순간이 되면 엄청난 업무량을 밤 12시가 되기 전에 해치워 내고 새벽에는 그래도 잠도 자기도 했다. 아무튼 후배와 나는 이 할아버지는 물에 안 빠뜨리도록 잘 신경 쓰기로 했고 아침에 출근하면 응급실에서 초음파를 들고 올라가서 이 환자의 심장 상태와 하대정맥(Inferior vena cava)을 체크하고 최선의 수분 상태를 유지하기 위한 오늘의 수액 투여량부터 결정하는 것이 하루의 시작으로 자리 잡았다.

이렇게 전공의 두 명의 특별 관리를 받으면서 콩팥 기능은 어느 정도 회복 추세였지만 할아버지는 여전히 거의 안 드시고 기력은 별 차이가 없었으며 아픈 곳은 없었고, 오직 혈액검사만 거의 정상에 가까워지고 있었다.

"어르신, 정말 아픈 곳 없으세요?"

질문을 드리면 그냥 끄덕 한 번 하고는 창밖을 보거나, 멍하게
천장만 보곤 하셨다.

"그런데 왜 안 드시고 자꾸 안 움직이세요"
"입맛이 없어…."

옆에서 간병 중인 연세 지긋한 아드님께 무슨 큰일이 있었는
지 물어보았다.

"사실 두 분이서 지내시다가 며칠 전에 어머니가 돌아가셨는
데 그 후로 안 드시고 기력도 떨어지네요…."

이 모든 사태의 원인은 '애도 반응'이었다. 자식들도 오래전에
다 출가시키고 두 분이서 조용히 인생의 끄트머리까지 같이 걸
어오시다가 갑자기 혼자가 되니 그 상실감을 우리가 어떻게 이

해하겠는가.

예전 어르신들은 돌아가시기 전에 곡기를 끊는다 했고, 돌아가시기 위해 곡기를 끊은 것은 우리가 해결할 방법이 없다. 다음 날도 그다음 날도 잘 드시고 좀 움직여 보시라 하면 끄덕거리기만 하실 뿐 삶의 의지를 잃은 듯한 모습이었다. 영양제에만 의존하고 움직이지 않는 몸은 천천히 부어 가고 있었고 단백질 주사와 이뇨제도 효과가 점점 없어지고 심장이 힘들어하기 시작했다. 몸도 붓고 폐는 물에 점점 빠져가고 있는데 제일 중요한 심장과 혈관 안의 피는 역설적으로 적어지고 있는 '유효 혈장량'이 부족한 상태가 되었다. 입으로 식사를 하시고 몸을 직접 움직여서 혈액순환, 조직액 순환이 잘 되게 해 줘야 하는데 그러질 않으니 해결이 되지 않았다. 나와 후배는 매일 더 성의껏 섬세하게 진료했지만 그동안 경험으로 우리가 이렇게 특별 관리해야만 생명을 유지하는 분들은 보통 얼마 못 버티시며, 이 환자에게도 시간이 얼마 남지 않았다는 것을 느끼고 있었다.

할아버지는 여기서는 충분히 그리워했고 애도했으니 그만하고 할머니 곁으로 이만 얼른 보내 달라는 듯 심방세동이 생기며

불안정해지는 시간이 하루가 다르게 길어졌다. 그리고 곡기를
끊은 지 2주 만에 그토록 바라시던 곳으로 가셨다.

응급실 이야기

4. 의인(義人)의 생명은 꺼져 가고

20대 초반의 대학생이었던 청년은 의협심이 강했고 가족을 아끼는 마음이 컸던 든든한 아들이자 형이었다. 2022년 초겨울 단란했던 가정에 화마(火魔)가 휩쓸고 갔다. 새벽에 알 수 없는 곳에서 시작된 불길은 순식간에 집 전체를 집어삼켰고, 화재를 가장 먼저 인지했던 청년은 어머니, 남동생 그리고 아버지를 순서대로 깨우고 대피시켰다. 하지만 본인은 일산화탄소 연기를 너무 많이 마셨는지 의식을 잃고 쓰러져 빠져나오지를 못했다. 이내 소방에서 도착하여 불길을 잡고 구조해 냈지만 이미 시간이 많이 흘러 심정지 상태로 발견되었다. 심정지 환자는 근거리 이송이 원칙이므로 집 근처의 작은 응급실에 이송되어 심폐소생술을 받았고 약 20분간 심폐소생술을 시행한 후에 자발 순환이 회복되었다. 자발 순환이 회복된 것은 멈추어서 스스로 뛰지 못했던 심장이 스스로 뛰기 시작했다는 뜻이지 의식이 회복되었다는 것도 아니고 건강하게 원래의 모습을 회복한다는 이야기도 아니다. 이제 심장이 뛰기 시작했으니 약 5일간의 소생 후 집중치료가 필요한데 지역응급의료기관에서는 소생된 환자를 관리할 여력은 없어서 상급 병원인 우리 병원으로 전원을 왔고 응급의학과 응급 중환자실로 입원했다.

80kg의 건장한 청년은 몸 전체의 약 70%에 2도 이상의 화상을 입어서 화상에 대해서도 상당한 양의 수액과 적극적인 처치가 필요했다. 얼굴을 포함한 온몸에 연고가 도포된 거즈가 덮여 있어 얼굴을 알아볼 수 없었으며, 여기에 심정지 이후의 저체온 치료를 위한 패드(Arctic sun)도 덕지덕지 붙어 있어 제 살이 거의 보이지 않았다. 심정지 환자가 앞으로 잘 회복될지 어떨지는 선불리 판단하지 말고 저체온 치료가 끝난 이후 72시간 되는 시점에 여러 가지 검사, 진찰 소견을 종합해서 판단하길 권한다. 그럼에도 불구하고 소생술 이후 금방 자발 순환이 회복된 것이 아니라 20분이나 시간이 지나서야 회복될 정도로 애초에 상태

가 좋지 않았던 것, 그리고 심장이 멈춘 이후 119가 심폐소생술을 시작할 때까지의 시간이 꽤 차이가 났을 가능성이 높은 것 등은 불길한 징조였다. 또한 동공 반사(Pupil reflex)와 각막 반사(Corneal reflex)가 전혀 없었는데 이는 호흡, 심장 박동 등의 생명을 유지하기 위한 부위인 뇌간(Brain stem)이 손상된 것을 의미했고, 초기에 시행한 두부 CT에서 약간의 뇌부종이 보이기 시작한 것은 이미 뇌로 혈액이 공급되지 못한 시간이 길어서 저산소성 뇌 손상이 발생했으며 이로 인해 붓기가 시작되었다는 것을 의미했다. 코로나 바이러스 전파 위험성으로 가까이서 면회는 불가능한 시기였기에 먼발치에서나마 가족들이 한번 볼 수 있도록 시간을 내어 드렸다. 환자의 어머니는 나의 설명은 들을 정신이 없이 멍하게 눈물만 흘리고 있었다.

저체온 치료와 여러 가지 소생 후 집중치료가 끝나고 약 3일이 지났는데 동공 반사와 각막 반사는 여전히 나타나지 않았으며 여러 번의 뇌파 검사에서도 전혀 뇌 활동이 감지되지 않았고, MRI에서는 저산소성 뇌 손상이 처음보다 더욱 선명하게 나타났다. 뇌 손상으로 인해 호르몬 문제도 심각해서 중추성 요붕증(Central diabetes insipidus)이 발생해 소변이 시간당 300ml나

나오기도 했고 호르몬제를 몇 가지 추가하면서 최대한 유지하려 해도 이내 극심한 전해질 불균형에 빠지는 등 몸이 악화되는 속도를 따라가기 힘들었다. 생명을 유지할 수 있는 시간이 길지 않았다.

두 가지 선택지가 있었다. 극심한 뇌 손상으로 이미 생존은 불가능했고 최대한 보존적 치료를 하다가 끝이 눈앞에 닥치면 가족들이 보는 앞에서 임종을 맞이하는 방법 혹은 장기기증이었다. 젊고 건강했던 20대 남성의 간과 콩팥은 너무나 귀중했다. 아버지, 어머니, 남동생을 불러 모았고 이제 회복은 불가능한 지금의 상태를 설명해 드렸다. 두 가지 선택지도 알려 드렸다. 첫날보다는 나아졌지만 아직 충격에서 헤어 나오지 못하는 환자의 부모님께 장기기증 이야기를 꺼내는 건 의사 경력 8년 동안 가장 하기 힘든 말이었다. 하지만 이 청년의 의협심, 이타심은 아버지에게서 물려받은 것인지 환자의 아버지는 그 자리에서 위대한 결정을 하셨다.

다음 날 뇌사 판정위원회가 열렸고, 환자가 뇌사 상태임을 한 번 더 명확하게 확인하기 위한 여러 검사를 추가로 시행하여 최종적으로 뇌사 판정을 받고 장기 공여 적합 판정을 받았다. 이후의 절차는 매우 순식간에 진행되었고 이틀 뒤 경건한 분위기에서 장기 적출 수술이 이루어졌다.

같은 시간, 응급실 환자 목록 중 한 명의 간호기록이 유난히 눈에 띄었다.

'주소(Chief complaint) : For Kidney TPL(Transplantation)'
'초기 간호기록 : 투석하는 환자로 금일 뇌사자 신장이식 수술 받기 위해 내원함'

의인(義人)의 생명은 꺼져 갔고 다른 환자는 새 삶을 기대하고 있던 그날의 먹먹함을 아직 잊지 못한다.

5. 기괴한 날

 1년에 응급실을 방문하는 환자 수가 많기로 전국에서 다섯 손가락 안에 꼽히기도 하며 대한민국에서 제일 큰 병원 중 하나인 우리 병원 응급실에서도 입원이 꼭 필요한 환자는 전체의 20~30% 수준이다. 상당수는 기본적인 평가 이후 퇴원해서 경과를 볼 수 있는 경증 환자인 셈이다. 그중 일부는 수개월 지속된 만성적인 불편감으로 이런저런 병원을 거치다가 외래가 아닌 응급실로 굳이 방문하는 전혀 응급하지 않은 사람도 있다. 특히나 이렇게 응급하지 않은 만성 환자가 하나의 특정 질병으로 설명 안 되는 다양한 불편감을 호소하는 경우에는 당연히 응급실에서 할 수 있는 검사로는 아무것도 나오지 않고, 퇴원시키려 하면 많

40

은 체력이 소비된다. 당장 내가 봐야 하는 환자는 이미 20명 가까이 존재하고 끊임없이 새 환자가 접수를 하고, 개중에 안 좋은 사람을 빠르게 인지하려니 긴장하고 날 선 상태로 근무를 하는데 이런 만성 환자에게서 응급하지 않은 문제로 질문에 질문이 꼬리를 물면 고달프다. 왜 아픈지, 더 검사해 볼 질환은 뭐가 있는지, 그런 드문 병은 왜 생기는지…. 어설픈 답변이라도 하게되면 질문 공세가 다시 시작된다. 어떤 질환으로 입원해서 잘 치료하고 충분히 경과를 보고 퇴원할 상태가 되어 퇴원했는데 하루 만에 다시 뭔가 불편하다고 응급실로 접수하는 경우도 비슷하다.

여느 때처럼 슬슬 바빠지기 시작했던 평일 오전, 2주간 담도염 (Cholangitis)과 담도 결석(Common bile duct stone)으로 치료받고 오늘 아침에 소화기내과에서 퇴원한 70대 남자 환자가 집에 돌아가는 길에 다시 배가 아프고 매스껍다고 응급실에 접수를 했다. 혈액을 통해 간에서 걸러진 찌꺼기와 일부 소화액 등이 섞여서 장으로 내려가는 길이 '담도(Bile duct)'인데 이곳에 어떤 이유에서든 찌꺼기가 단단하게 뭉쳐 담도 결석을 만들어 길을 막게 되고, 고속도로가 정체되듯이 병목현상이 생겨 담즙이 고이다가 곪게 되는 병이 담도염이다. 차트를 리뷰해 보니 균 감염도 안정적으로 다 회복되었고 이 기간 2번에 걸쳐서 담도 결석을 제거하는 시술을 받았으며 마지막 시술 후에는 남아 있는 담도 결석이 없는 것을 한 번 더 확인한 기록이 있었다. 충분히 잘 치료하고 어제까지 혈액검사도 괜찮았고 오늘 아침밥도 잘 먹고 방금 퇴원한 것인데 집에 가는 길에 곧바로 응급실로 돌아오다니 나도 사람인지라 약간의 짜증도 생겼다. 보호자는 없고 귀가 어두운 노인이었다.

"오늘 아침에 퇴원하고 바로 응급실로 오신 것 같은데 퇴원하기 전에는 괜찮았나요?"

"좀 윗배가 불편하긴 했는데 그래도 참을만해서 집에 가 보려다가 갑자기 너무 힘들어서 다시 왔습니다."

꽤나 불편한지 미간에 주름이 깊게 파여 있었고 많이 매스꺼워했다. 노인 환자가 어쨌든 배가 아프다고 응급실로 왔고 불편감은 있으니 검사를 안 할 것도 아니라서, 무심하게 늘 하던 것처럼 '루틴(Routine)' 혈액검사와 X ray를 처방하고 주사약 몇 가지를 투약하기로 했다.

  응급실에서는 뭐 하나 했다 하면 기본 한두 시간씩 소요되고 하나둘씩 천천히 검사 결과가 나온다. 응급실 직원들 모두가 바쁘게 일하지만 이미 대기 중이던 환자들도 있고 검사 기계가 혈액이나 소변 샘플을 분석하는 시간 자체가 원래 그렇게 소요되기 때문에 어쩔 수 없다. 촌각을 다투는 중증 환자를 진료할 때는 이 시간이 참 답답하지만, 집에 갈 수 있는 경증 환자는 이 시간 동안 약 효과가 올라오면서 불편감이 해소되니 나름 적절한 시간이기도 하다. 한 시간 뒤에 환자의 X ray가 전산에 올라왔는데 가벼운 장 마비가 생겼고 배 속에 가스가 차 있었다.

  '이것 때문에 매스꺼웠구나. 근데 왜 생겼지?'

  처음 느꼈던 짜증은 누그러졌고 괜히 짜증을 느낀 것이 머쓱해졌다. 불편감을 일으킨 배 속의 가스를 빼 주려고 콧줄(Levin tube)을 넣어 감압도 해 주었고 시간이 꽤 흘러서 약 효과가 올라올 시간도 지났는데도 환자는 계속 매스꺼워하고 복통을 호소했다. 얼마 뒤 '루틴'이었던 혈액검사가 다 나왔고 췌장효소 수치가 기계가 읽지 못할 정도로 매우 많이 상승해 있었다. '췌장염(Pancreatitis)'이었다. 담도에 남아 있는 담도 결석은 없었겠지만 담낭에 조그맣게 남아 있던 작은 결석이 하필 오늘 빠져나와서 담도 끄트머리를 막고 췌장염을 일으킨 것이었다. 이젠 머쓱한 것을 넘어서 죄송스러울 지경이었다. 복부 CT를 촬영했고 역시나 췌장이 많이 부어 있는 모습을 확인할 수 있었다. 내과에 연락했다.

"상기 환자 담도 결석 제거하고 금일 퇴원했던 분으로 퇴원 직후 곧바로 복통이 발생했고 췌장염이 확인되어 금식, 진통 조절 등 보존적 치료를 위해 다시 입원 부탁드립니다."

"네 소화기내과 입원하겠습니다."

비슷한 시간에 이번에는 한 달 넘은 두통으로 20대 여자 환자가 접수를 했다. 동네 내과, 신경과 의원에서 약을 타 먹다가 증상이 오래가니 우리 병원 신경과 외래에서 어느 교수님 진료를 보았고, 외래 기록에는 뒷 목이 약간 뻣뻣한 느낌도 있으니 혹시나 뇌수막염(Meningitis)에 대한 감별을 위해 응급실로 의뢰 드린다는 내용이 기록되어 있었다. 뇌수막염은 뇌를 감싸고 있는 뇌막에 염증이 생기는 것인데 거의 대부분은 바이러스 성으로 가볍게 감기처럼 지나가고, 드물게 결핵이나 세균 등이 있으면 문제가 될 수 있는 질환이다. 보통은 응급실로는 기침, 콧물 등의 감기 증상은 없는데 며칠 전부터 오직 열이 나고 머리가 아프고 매스꺼운 증상이 생겨서 내원한다. 환자는 많이 아파 보이지는 않았고 열도 나지 않았고 별로 매스꺼워 하지도 않았다. 증상이 한 달이나 되었고 오직 두통만 있는 환자였기에 뇌수막염의 가능성은 많이 낮아 보였다. 환자에게는 신경과 교수님 권고대로 뇌수막염을 확인하기 위한 뇌척수액(Cerebrospinal fluid, CSF) 검사와 두부 MRI를 진행하겠다고 설명했고, 검사를 예약해 둔 뒤 다른 환자 진료를 이어 나갔다.

몇 시간 뒤에 뇌척수액 결과가 나왔다.

'뇌척수액 백혈구 84개….'

이럴 수가. 바이러스성 뇌수막염이었다. 신경과 선생님께 연락을 드렸다.

"선생님! 오전에 김ㅇㅇ 교수님이 뇌수막염 감별해 달라고 보낸 분 CSF(뇌척수액) 결과 나왔는데 맞네요?! 아니 그런데 두통이 한 달이나 되었고 열도 안 나고 여러모로 너무 아닌 것 같았는데 교수님 어떻게 응급실까지 보내셨대요?"

"그러게요~ 교수님도 '아닌 것 같았는데.' 하면서 머쓱해 하시네요."

정황상 괜찮을 가능성이 많다고 생각했던 나의 감이 연속으로 빗나간 기괴한 날이었다. 대부분의 선량한 환자들은 정말로 뭔가 안 좋아서 응급실을 방문하며 일부 환자에게는 이렇게 문제가 있을 수 있음을 다시 한번 마음에 새겼다. 내가 아는 게 전부가 아님을 받아들이고 늘 겸손하게 진료하라는 가르침을 받은 부끄러운 날이었다.

6. 무운을 바랍니다

'응급실'에는 전혀 응급하지 않은 환자부터 매우 응급한 환자까지 다양한 환자군이 존재한다. 특히 응급의학과 의사의 체력을 많이 소모시키는 환자들은 '전혀 응급하지 않은 환자들'이다. 개중에 섞여 있는 안 좋을 수 있는 사람을 감별하고, 경중이라도 불편감을 해결해 주는 것이 우리의 역할이라 생각은 하지만 난처하고 민망한 경우도 흔하다. 특히나 매우 많은 환자가 방문하고 중증도가 높은 권역응급의료센터에서조차 약간의 두통이나 어지러움으로 내원한 경우는 큰 병은 아닌 경우가 절대다수인데 CT나 MRI 등 영상검사를 해 보고 증상도 호전되어 귀가하는 경우에 질문이 계속 이어질 때가 그러하다.

"검사 결과가 다 나왔는데 뇌경색이나 종양도 없고 혈관도 건강하십니다."

"그럼 왜 아파요?"

"…근육이나 혈관 과민성 때문에 그럴 수도 있습니다. 큰 병이 있는 게 아니라 다행이네요."

"그런 건 왜 생겨요?"
"…."

의료 전달 체계를 고려하지 않고 가벼운 증상임에도 곧바로 흔히 말하는 '큰 병원'으로 진료 보러 오는 것이 적절한가 싶은 생각을 많이 하지만 분명 일부 선량하고 우직한 환자들은 병을 키워서 오기도 한다. 그 병이 피할 수 있는 것이었든 피할 수 없는 것이었든.

40대 여자 환자는 30년 전에 심장 질환으로 인해 심장 판막을 인공 판막으로 교체하는 개흉 수술을 받았고 이후로 인공판막을 가지고 와파린을 복용하면서 살았다. 와파린은 혈액이 쉽게 뭉치거나 떡지지 않게 만드는 '항응고' 효과가 상당히 강한데, 수술해 둔 판막 주위나 심장에 피떡이 생겨 버리면 이것이 머리로 날아가서 뇌졸중이 생길 위험성이 매우 높아지기 때문에 이 와파린이라는 약을 복용하는 것이다. 하지만 주위에 와파린을 먹는 사람이 드문 이유는 피가 덜 뭉치고 떡지지 않는 수준을 넘어서 피가 부드럽고 묽어지다 못해 쉽사리 출혈이 생기는 '응고장애' 위험성이 높기 때문이다. 이런 부작용을 최소화하기 위해서 가끔 혈액검사도 하면서 적정 항응고 수준을 유지하기 위해 용량을 아주 섬세하게 조절한다. 이 환자는 아쉽게도 워낙 오래 약을 복용해 와서 대수롭지 않게 생각했는지 지난 외래를 임의로 건너뛰었다.

환자는 이틀 전부터 머리가 약간 아프고 어지러웠는데, 어지러운 양상이 빙글빙글 도는 양상(현훈, Vertigo)이었다. 주위에서 이석증이 있으면 그럴 수 있다고 듣고 이석증을 주로 보는 동네 이비인후과 의원에 갔으며 역시 이석증 같다는 이야기를 듣고 약을 처방받았다. 그리고 다음 날 아침에 일어날 시간이 지났는데 일어나지 않는 모습을 가족이 발견해서 119에 신고를 했고 심정지 상태로 확인되어 심폐소생술을 하며 내원했다. 동맥혈 검사를 보니 심정지가 발생한 지 시간이 이미 많이 지난 모습이었고 아마 수면 중 어느 시간엔가 심정지가 생겼으며 이로부터 한참 시간이 지난 뒤에 발견이 된 모양이었다. 소생은 어려울 것 같았지만 일상생활을 잘 하던 젊은 여성이라 30분 이상 심폐소생술을 했다. 안타깝게도 이 시간 동안 전혀 생명의 반응이 없었고 심폐소생술을 종료했다.

우리 병원에서는 사망한 이후에 사망원인을 확인하기 위한 CT는 거의 촬영하지 않지만 이 환자는 뇌출혈 여부에 따라서 법적 다툼이 생길 수도 있다 판단해서 이례적으로 사후 두부 CT를 촬영했고 다량의 소뇌 출혈(Cerebellar hemorrhage)이 확인되었다. 출혈로 소뇌가 부풀어 올랐고, 숨 쉬는 기능과 심장 뛰는 것 등 생명을 관장하는 부위인 뇌간(Brain stem)을 압박하여 사망한 것이다.

지난 외래에 예정대로 내원해서 와파린 용량을 조절 받았다면 제일 좋았을 것이고, 아니면 어제 증상이 생겼을 때 단순 현훈이 아니라 두통이 동반되는 어지러움이니 최소한 두부 CT를 확인해서 소뇌 출혈 여부를 확인하자고 제안하는 의사를 만났다면 차선(次善)이었을 것이다. 두 개의 아쉬움이 겹치면서 환자는 사망했다.

　늦가을에서 초겨울로 넘어가는 어느 날이었다. 건강했던 60대 여자 환자는 며칠 전부터 두통이 심하고 매스껍고 가끔 구토가 나서 영상검사가 가능한 가까운 병원에 가서 두부 CT를 촬영했고, 담당 의사는 환자와 보호자에게 CT 사진을 짚어서 직접 보여 주면서 특별한 문제가 없음을 설명해 주고 약을 처방해 주었다. 그러나 두통은 계속되었고 다음 날은 점심 식사 후에 화장실에서 쓰러져 불러도 반응이 없는 모습이 되었다.

　의식수준은 혼수상태(Coma)에 동공은 양측이 다 열려 있었고, 양측 발에서는 바빈스키 징후가 확인되어 상당한 양의 뇌출혈과 뇌 허탈이 거의 확정적인 상태였기에 빠르게 CT부터 진행하기로 했다.

"어제 CT 괜찮다고 했는데, MRI를 빠르게 찍는 게 낫지 않을까요?"

보호자가 조심스럽게 물어보았다.

"진찰했을 때 뇌출혈 양이 매우 많을 것 같아서 MRI 찍을 시간이 없습니다. 빠르게 CT부터 확인하고 나서 필요하면 MRI를 추가로 진행하겠습니다."

CT에서는 3cm 이상의 다량의 급성 경막하출혈(Subdural hemorrhage)에 뇌 허탈도 2cm 이상 상당한 수준으로 확인되었다. 환자는 이전의 모습으로 회복은 불가능하겠지만 신경외과에서는 곧바로 생명 유지(life saving)를 위한 수술을 하기로 했고 나는 기관삽관을 하고 출혈이 더 늘어나지 않도록 지혈제를 쓰고 혈압을 조절했다. 이 와중에 보호자의 한마디가 마음에 꽂혔다.

"내 그놈들 가만히 두나 봐라."

그놈들이란 어제 CT를 촬영했고 친절하게 설명해 주었던 지역의료기관 의사를 지칭하는 것이었다. 절망스러운 일을 당했을 때의 초기 반응인 부정과 분노가 누군가에게 향하는 것은 흔한 일이고, 그 대상이 내가 되는 경우에 실제로 내가 잘못한 것이 있으면 참으로 죄송스럽기도 하다. 하지만 이번 경우에는 다양한 감정이 들었다. 기저질환 없는 사람이 외상력도 없이 갑자기 한 측에 다량의 경막하출혈이 생기는 경우는 너무나 드문데, 특히나 전일 CT를 촬영했고 출혈이 없음을 확인했다고 하면 거의 말이 안 될 지경이었다. 고혈압이 있던 환자에게 고혈압성 뇌내출혈(Intracranial hemorrhage)이 생겼다거나, 더욱 드물게는 양측성 경막하출혈이 뇌척수액 누출(CSF leakage) 때문에 생기는 경우라든지, 가역성대뇌혈관 수축 증후군(Reversible cerebral vasoconstriction syndrome)이 뇌내출혈의 형태로 출혈을 일으킬 수는 있겠지만 이번처럼 외상력 없이 한 측성 경막하출혈은 어렵다. 그렇기 때문에 이 경우에 의료분쟁이 일어난다면 쟁점은 '계속 지속되거나, 악화되면 MRI 등 추가 검사를 해 보거나 근처 응급실로 가세요'라고 설명을 했었는지가 될 것이다. 배우자, 어머니가 하루 만에 회복 불가능한 식물인간 또는 뇌사 상태로 바뀌어 버린 가족들에게는 마음 깊이 유감스럽지만 이 환자는 전날 내가 응급실에서 봤어도 크게 다른 상황이 펼쳐지진 않았을 것 같았다.

응급의학과 의사로서 응급실을 방문하는 여러 경중 환자들에게 마음의 평화를 주고 싶지만 이렇게 예측 불가능한 경우가 생길 수 있기 때문에 안 좋아지면 꼭 다시 와서 검사 더 해 보시라고 여지를 남기는 이유이기도 하며, 퇴근 후에도 전일 응급실에서 진료 보았던 환자들이 별 탈 없이 회복해서 잘 지내시길 바라는 이유이기도 하다.

응급실 이야기

7. 마음 따뜻한 날

나는 27살에 의과대학을 졸업하고 공중보건 의사로 복무했다. 훈련소를 벗어나 까까머리 하고 경상남도 의령군의 작은 보건지소에서 근무를 시작했는데 첫 주에 느꼈던 것이 어르신들이 참 푸근하면서도 한편으로는 나를 민망할 정도로 존중하는 경우가 많았던 것이었다. 그렇게 나이 지긋하신 분들이 귀한 의사 선생님 오셨다고 늘 존댓말을 쓰고 공손한 모습이었고, 나는 의사 사회에서는 갓 의과대학을 졸업한 신참내기로 별로 대단한 사람도 아닌데 '소장님, 소장님' 하시면서 어렵게 생각했다. 그러면서도 손자 같기도 했는지 가끔은 농사지은 양파나 호박 같은 것도 가져다주기도 했다. 나도 이런 주민들이 참 감사해서 공부도 많이 하고 고민되는 일이 있으면 의과대학교수님들께 메일 보내서 자문을 구하기도 했다. 검진 결과지 봐 드릴 테니 제발 좀 건강 검진받고 가지고 오시라고 잔소리도 달고 살았고, 수년 동안 아무 생각 없이 똑같은 약이 반출되던 것도 조정하면서 지역 어르신들의 건강을 조금이라도 낫게 하려고 노력했었다. 이런 공중보건의 시절의 경험은 친구들 사이에서 '냉혈 인간'이라고도 불렸던 나에게 큰 영향을 주어서 드디어 감성이 생기기도 했고, 진료하다 보면 그 시절이 떠올라 유난히 정감 가는 환자들이 생기기도 하는 것 같다.

우리 병원 응급실은 한 번에 꽤 많은 응급의학과 의사들이 근무한다. 전공의들은 중증 환자를 보는 구역, 가벼운 외상이나 소아 환자를 보는 구역, 경중 환자를 담당하는 진료실 구역, 응급 중환자실, 응급 병동 등으로 나누어 근무한다. 경중 환자인 줄 알았는데 알고 보니 중증인 경우가 있어서 오히려 경증 환자를 보는 진료실 구역에는 상급 연차 전공의들이 근무한다. 여기서는 일반적인 외래처럼 환자를 호명하면 환자가 진료실로 들어와서 진료를 보게 되는데 이것이 가끔은 공중보건의 시절의 진료실을 떠오르게 한다.

80살이 넘은 할아버지가 내원했다. 몇 년 전에 초기 폐암으로 우측 폐 윗부분을 제거했었다. 폐가 잘려 나간 자리에는 나름의 새 살인 섬유 조직이 차올라 '섬유화'되어 있었지만 이것은 수술 후의 정상 반응이고 이후에 항암치료나 방사선 치료 없이 잘 지내셨다. 물론 폐가 잘려 나갔으니 약간의 호흡곤란은 있어서 이에 대해서 흡입기 치료를 하고 지내는 분이셨다. 응급실에 왜 오셨나 간단한 접수 기록을 확인해 보니 이분이 흡입기 치료를 해도 계속 숨이 차니 예전에 다녔던 동네 의원에 갔었다. 의원에서는 X ray를 촬영했고 아주 옛날과 다르게 우측 위 폐가 섬유화되어 있으니 얼른 다니던 병원으로 가 보라 해서 응급실로 오신 것이었다. 오늘 촬영해서 들고 오신 X ray를 보니 한 달 전 우리 병원에서 촬영한 것과 변화가 없었다. 환자를 호명해서 진료실로 들였다. 이 할아버지는 중절모를 쓰고 있었는데 진료실에 들어오셔서는 공중보건의 때 봤던 의령군 어르신들처럼 모자를 벗고 꾸벅 90도 가까이 허리를 숙이셨다. 이럴 때면 나는 아직도 민망해서 더 꾸벅 인사를 다시 드린다. 외래 차트에 기록된 정도의 호흡곤란에서 더 변한건 없었고 숨소리가 더 나빠진 것도 없었다. 걱정과 다르게 X ray는 변한 게 없고 숨소리도 괜찮으니 미세하게 폐렴이 생겼을까, 심장문제가 생긴 건 아닐까 혈액검사만 확인해 봐도 되겠다 말씀드렸다. 할아버지는 다시 허리를 숙이고 목례를 하고 나가서는 검사를 하고 대기했다. 결과는 역시나 괜찮았다. 결과를 설명드리려 다시 호명하고 진료실로 들였는데 아까처럼 또 중절모를 벗고 90도로 허리를 숙이신다. 나도 질 수 없어서 다시 한번 더 꾸벅 고개를 숙이다가 키보드에 이마를 부딪힐 뻔했다. 큰 문제가 생긴 건 아니니 흡입기 잘 쓰시도록 독려하고, 가래 약 몇 가지 추가해 드리고 보내드리기로 했다. 나는 별로 해 드린 게 없는데 가시는 길에도 감사하다며 한 번 더 목례를 하셨다.

이번에는 70대 할아버지가 할머니와 같이 내원했다. 대장암 4기로 간과 복막에 전이가 심해서 암 때문에, 간 기능 저하 때문에 복수가 찼던 분이고 복수가 덜 차도록 하는 이뇨제를 복용하면 다른 치명적인 전해질 문제가 생겨서 중단했던 기록이 있었다.

"원장님 다리가 며칠 전부터 너무 붓고 힘도 많이 떨어집니더."

4년 차 전공의인 나에게 원장님이라 하고 사투리를 쓰시는 그

58

분은 기력이 정말로 많이 떨어져 보였고 양쪽 다리도 많이 부어 있었다. 복수가 더 차면서 다리가 붓는 것일 수도 있고, 간 전이가 악화되거나 딱딱해지면서 부을 수도 있었다. 기록을 한참 읽어 보고 솔직하게 말씀드렸다.

"이제 점점 끄트머리로 달려가고 있는 것 같습니다. 복수가 차서 붓는 거면 복수를 빼 드리면 잠깐은 도움이 될 테고, 간 기능이 떨어져서 붓는 거면 단백질 주사가 잠깐 도움이 될 거고, 간 전이가 안 좋아진 거면 죄송스럽지만 특별히 더 해 드릴 게 없습니다…. 그래도 한번 검사를 해 볼까요?"

"원장님이 하자는 대로 하겠습니더."

검사를 했고 단백질 주사가 필요한 정도도 복수를 뺄 정도도 아니었다. 전이가 악화된 것은 아니었지만 정황상 간 기능 자체가 악화되는 추세일 것이었다. 3개월, 6개월 버티시려나. 이번에는 완전히 솔직하게 말씀드릴 수는 없었다.

"복수도 뺄 정도로 생긴 건 아니고, 단백질 주사도 맞을 정도가 아니네요. 그나마 간 전이가 악화된 건 아니네요. 전해질 문제가 덜 생기는 이뇨제를 조금 처방해 드릴 테니 이거라도 잘 드시면서 기력을 잘 유지하셔야 합니다…"

투박했던 그분들은 전이가 안 좋아진 게 아니라는 것에 그래도 참 다행이라 하시며 활짝 웃으셨다. 그러고는 이번에도 별로 도와드린 게 없는 나에게 감사하다며 고개를 꾸벅 숙이고 나가셨다. 그분들이 보지 않을 응급실 퇴원 기록에 '꼭 식사 잘 하시고 기력 유지하면서 항암 잘 받으세요…'라고 나의 마음을 담아 짧은 기록을 추가했다.

나는 특별하게 당신들의 문제를 해결해 드리지 못했지만 그럼에도 너무나 감사해하시는 모습에 내가 오히려 치유받은 날이었다.

응급실 이야기

8. 열사병 준형이

2023년은 매월 역사상 최고 기온을 갱신했을 정도로 매우 무더웠던 해였다. 준형이(가명)는 특전사로 근무하던 매우 건강한 20대 청년이었는데, 늦여름의 어느 날 훈련 중에 땀을 많이 흘리면서 실신을 해서 군 병원을 내원했다. 더위로 인해 수분, 염분이 많이 빠져나가면 열탈진(Heat stress)를 일으키는데 쉬운 말로 더위 먹은 듯한 힘 빠지는 느낌부터 두통, 구토, 어지러움 그리고 심하면 실신까지도 할 수 있다. 하지만 큰 문제는 아니라서 수액 맞으면서 휴식하면 되는 질환이다. 혈액검사나 심전도 등에서 다른 문제가 없었고 워낙 더운 날이었기 때문에 군의관은 열탈진으로 판단하고 몇 시간 수액 맞고 복귀하도록 지시했다.

이후 며칠간 특별한 문제 없이 평소와 같이 잘 지냈다.

5일 뒤 야간 행군 날이었다. 안개가 비교적 심했던 그날 한참 산에서 행군을 하다가 준형이는 갑자기 경련을 하며 쓰러졌다. 소규모 훈련이었던 군 여건상 의무대가 대동하는 훈련은 아니어서 의무대가 산 중턱까지 도착하는 데 꽤 시간이 소요되었다. 의무대가 봤을 때 경련을 계속하고 있지는 않았지만 의식이 명료하지 못해 목소리에는 반응하지 못하고 통증에만 겨우 반응하는 정도였다. 이송이 필요했다. 하지만 한밤중이라 가뜩이나 시야 확보가 되지 않는데 그날은 새벽이 되니 안개가 더욱 심해져서 헬기를 운행하는 것이 불가능한 상황이었다. 동료들이 산 중턱에서 직접 환자를 들것에 들고 내려왔다. 쓰러지고 군 병원 이송까지 서너 시간이 소요됐다. 군 병원 도착 시에는 의식이 더욱 저하되어서 아픈 자극을 줘도 거의 반응이 없는 수준이었다. 경련을 다시 하고 체온이 40도까지 올랐다. 의식이 없으니 인공호흡기를 적용했고 군 병원 신경과에서는 군대에서 해결하기 어려운 중증 경련 환자라 판단해서 곧바로 우리 병원에 전원을 왔다.

혈액검사를 보니 간 손상과 콩팥 손상이 매우 심했다. 여러 명이 머리를 맞대고 고민했다. 감염병으로 열나고 경련을 했다고 하기에는 균 감염 수치들이 너무 괜찮았다. 군 병원에서 촬영한 CT에서도 그만한 균 감염을 일으킬 병소가 가슴이나 배에는 보이지 않았다. 무엇보다 임상 경과가 일반적인 감염병과는 너무나 달랐다. 감염으로 경련까지 하려면 며칠간 지속적으로 열이 나면서 머리가 아프고 컨디션이 안 좋아지다가 이런 사태에 빠지게 될 텐데 환자의 경우 행군할 정도의 몸 상태였다가 갑자기 일이 생긴 것이니 감염으로 잘 설명되지 않았다. 오히려 5일 전에 열탈진으로 군 병원을 방문했던 것이나 다른 증상은 없이 열나고 경련하고 의식저하만 있는 것으로 보면 열사병으로 더 잘 설명되는 것 같았다. 비교적 기온이 내려가는 야간이더라도 습하거나 육체 활동을 많이 하는 환경이라면 열사병이 생길 수 있다. 간 손상과 콩팥 손상도 열사병으로 인해서 장기가 익었다는 것이 더 잘 설명되는 가설이었다. 가을 즈음에 진드기에 물려서 생기는 중증 열성 혈소판 감소 증후군(Severe fever with thrombocytopenia syndrome) 정도가 더 있을 수 있겠다 싶었는데 얼마 뒤에 군 병원에서 시행했던 해당 검사 결과도 음성으로 나왔다는 연락을 받았다.

앞서 언급한 열탈진 정도는 수액 잠깐 맞는 정도로 해결되는 경증 질환이지만 열탈진 정도가 아니라 체온이 너무 올라서 의식이 떨어지는 열사병(Heat stroke)까지 생겨 버리면 매우 위험하다. 우리 몸의 여러 세포뿐 아니라 그 안에서 여러 작용을 담당하는 미세한 효소들까지 익어 버려서 그 기능을 잃어버린다. 불판에 익어 버린 고기가 다시 생고기로 돌아가진 않듯이, 익어 버린 여러 세포들은 다시 돌아오기는 어렵다. 시간이 상당 시간 소요되면서 천천히 다시 차오르기 시작하지만 한편으로는 손상받은 세포들에서 빠르게 염증반응이 일어나면서 몸 전체에 다양한 합병증들을 일으킨다. 때문에 열사병을 치료할 때는 갖은 수단을 동원해서 빠르게 체온을 39도까지 떨어뜨리는 것이 중요하다. 준형이는 우리 병원에 왔을 때도 40도 이상으로 체온이 계속 높았다. 적극적으로 체온을 떨어뜨리는 처치를 하면서 39도까지는 잘 떨어졌는데 더 이상 잘 떨어지지는 않아 심정지 환자들의 저체온 치료(33도)에 사용하는 기구까지 동원했다.

물 마시다가 숨길에 사레가 들어도 기침이 나고 힘든 게 정상인데 준형이는 숨길에 인공호흡기를 꽂고 진정제나 마취제를 사용하지 않은 채로 있어도 전혀 반응이 없었다. 이렇게 의식저하

응급실 이야기

가 심각한 열사병 환자는 현실적으로 살아나기 힘들다. 나는 당연히 회복하는 걸 본 적 없었고 우리 의국에서 경험 많은 교수님들도 본 적 없다 하셨다. 콩팥도 손상에 버텨 내고 있다가 점점 악화되면서 소변을 만드는 기능이 멈추어 버리는 '신부전'에 빠지기 시작했다. 열사병으로 다발 장기 부전(Multiorgan failure) 상태에 놓인 것이었다. 어떤 질환이든지 병이 진행되어 어느 선을 넘으면 모든 장기가 힘을 잃어 가는데 그런 경우에는 회복하기가 힘들다. 뇌 손상 수준을 예측하는 데 도움 주는 검사인 NSE(Neuron-specific enolase) 검사에서도 50 이상으로 매우 높게 확인되었다. 심정지 환자가 심폐소생술 이후에 심장이 돌아오더라도 첫날에 NSE 검사가 50 이상 넘어갔던 환자들이 후유증 없이 회복하는 걸 개인적으로는 본 적 없었다. 여러 지표들이 결말을 한곳으로 가리키고 있었다. 한참 어린 군인에게 이런 일이 생겼으니 마음이 너무 아프지만 옆에 계신 부모님께 솔직하게 말씀드렸다. 못 깰 가능성이 너무나 크고, 며칠 중환자실 치료하는 것은 마음 정리하는 시간을 가질 수 있게 해 드리는 정도가 될 것 같다고. 당연하게도 두 분은 참 힘들어하셨다. 이렇게 준형이는 열사병으로 인한 다발 장기 부전에 대해 투석을 하며 인공호흡기 치료를 하기 위해 응급의학과 응급 중환자실로 입원시켰다.

다음 날 NSE 검사는 130 이상으로 기계가 측정할 수 없는 수준까지 상승했다. 뇌까지 익어 버렸을까, 역시나 회복은 힘들것 같다는 생각들이 더욱 강해졌다. 뇌뿐 아니라 간도 문제였다. 간 손상도 너무나 심각해서 기계가 읽을 수 있는 상한치까지 안 좋아져 있었다. 이러다가 간 기능이 버티지 못하면 간 이식밖에 방법이 없었다. 말이 좋아 간 이식이지 이식 수술은 받고 나면 그대로 끝이 아니라 평생 면역억제제를 복용해야 하고 감염에 취약해지는 문제도 있다. 중환자실 주치의였던 후배는 준형이를 참 열심히 돌보는 한편 매일같이 보호자 면담할 때 이렇게 버텨내다가 사망할 가능성이 너무 높으니 마음의 준비는 하고 있자는 이야기를 반복했다.

하지만 중환자실에서는 기적이 일어나고 있었다. 5일 차가 되던 날, 전혀 반응이 없었던 준형이가 통증에 양 발을 까딱거리기 시작했다. 6일 차에는 가슴팍에 통증을 줬더니 눈을 번쩍 떴다가 감았다. 1주일 차에는 통증을 주지 않아도 스스로도 눈을 떴다. 다음 날에는 눈짓으로 간단한 의사소통이 되었다. 눈

감아 보라거나 떠 보라면 그대로 따라 했고 손발 움직여 보라면 움찔움찔 움직였다. 입에 인공호흡기 관이 들어 있어서 말을 하지는 못했지만 10일 차에는 *끄덕끄덕*, *도리도리* 의사 표현이 가능했고 의미 있는 소통이 되기 시작했다. 그리고 마침내 2주를 꼬박 채운 날 준형이는 완전히 눈을 뜨고 자유롭게 움직일 수 있었다.

어려움도 많았다. 너무나 의식이 깨끗하게 회복했고 의사소통도 완전히 가능하며 폐가 안 좋은 것은 아니어서 인공호흡기는 충분히 안전하게 제거 가능하겠다 싶었는데 막상 제거하니 인공호흡기가 들어 있던 성대와 숨길이 많이 부어서 스스로 숨을 쉬기 어려운 상태였다. 어쩔 수 없이 다시 인공호흡기를 적용했다. 중환자실 환자들을 치료하다 보면 인공호흡기를 제거하기로 계획했던 날 막상 제거하고 나면 너무 숨쉬기 힘들어하다가 버티지 못해 다시 기관삽관을 하는 경우가 있는데 이런 환자들은 며칠 뒤에 아주 높은 확률로 상태가 악화되었다. 준형이도 17일 차부터 다시 열이 나기 시작하더니 며칠 뒤에는 혈압이 떨어졌고 CT를 촬영해 보니 심한 췌장염과 패혈증 쇼크가 확인되었다. 다행히 광범위 항생제와 쇼크 치료, 췌장염 치료를 며칠간 이어 나가며 비교적 호전 추세로 다시 접어들었고 3주가 약간 넘은 시점에 인공호흡기를 다시 제거할 수 있었다. 몸 상태도 중환자실에 조용히 누워서 TV를 보고 있을 정도로 나아지고 있었다. 뇌 손상, 인공호흡기, 투석, 간, 췌장염. 다섯 개 중에 사람다운 삶을 유지하기 위해 제일 중요했던 뇌 손상과 인공호흡기 두 개는 해결이 되었다. 이제 투석을 벗어날 수 있을지 경과를 보고 간염, 췌장염에 대해서 회복을 기다릴 일만 남았다. 이제 정말 시간이 해결해 줄 것이라 생각했다. 딱 한 달이 되던 날 응급 중환자실을 벗어나서 드디어 소화기내과 일반 병동으로 보내 줬다. 준형이는 이제 우리 응급의학과의 손을 떠났었다. 한 달 동안 정이 많이 들었고 기적을 경험했던 환자라 특별했던 존재였기 때문에 이 환자는 ○○ 씨, ○○ 님이 아니라 '준형이'었다. 준형이가 잘 회복하고 있는지 가끔 확인하며 지냈다.

이후로도 경과가 순탄치는 않았다. 내과 병동으로 전동 간 다음 날 투석실에서 투석을 대기하다가 갑자기 극심한 호흡곤란이 생겨 다시 인공호흡기를 적용하고 내과계 중환자실로 이동했다. 한 달 만에 인공호흡기를 세 번째 적용하는 것이라 숨길을 유지하는 게 어려울 수 있어서 안전하게 성대 아래쪽으로 기관절개

술을 시행해서 숨길을 유지하게 했다. 며칠간의 안정화 이후에 목에 기관 절개 튜브를 가지고 일반 병동으로 다시 돌아왔다. 췌장염으로 인한 복강 내 감염도 생각보다는 치유가 더뎌서 항생제만으로는 치료가 잘 안되었다. 배 속에 고름집이 생겨서 고름을 빼기 위한 배액 주머니도 배에 한 개 유치했다. 항생제에 장기간 노출되다 보니 면역력이 많이 떨어졌고 요양병원 장기간 거주 중인 폐렴 노인에게 자랄 만한 잡균들도 몸에서 많이 자랐다. 주 3회 하루 4시간씩 투석도 이어 나갔다. 췌장염이 해결되지 않으니 식사를 할 수 없어서 입으로 뭔가를 먹지 못하고 영양주사에만 의존하여 지내는 기간도 한 달이 넘어갔다.

그래도 준형이는 열심히 버텨 냈다. 그리고 두 번째 기적이 일어났다. 입원한 지 두 달이 되면서 몸이 급속도로 회복되기 시작했다. 갑자기 소변이 터지기 시작하면서 열사병으로 익어 버렸던 콩팥의 기능이 회복되었고 투석을 하지 않고도 지낼 수 있는 몸이 되었다. 간 이식을 할지 말지 고민까지 했던 정도의 간염도 호전이 되어서 어느덧 정상으로 돌아왔다. 10주 차에는 앞으로 투석할 일 없을 것이라 판단해서 투석관도 제거했다. 슬슬 콧줄로 미음도 먹어 보다가 12주 차부터는 드디어 콧줄 없이 입으로 밥을 먹을 수 있게 되었다. 밥을 먹을 수 있으니 더 빠르게 회복되어서 며칠 뒤에는 배에 꽂혀 있던 배액관도 제거하고 길었던 항생제 투약도 종료했다. 다음 날 마침내 3개월을 꼬박 채운 시점 목 앞에 숨길로 가지고 있던 기관 절개 튜브를 제거했다. 그리고 길었던 치료가 끝나고 퇴원했다.

12월 중순의 어느 날 준형이와 준형이 어머니가 응급 중환자실로 인사를 하러 찾아왔다. 첫날 80kg은 되어 보였던 준형이는 한 달간의 중환자실 치료를 포함한 세 달간의 치료로 많이 쇠약해져서 60kg이 겨우 넘는 정도로 약해졌지만 밝게 웃고 있었다. 기관절개했던 자리도 잘 아물었다. 의학적으로는 완치였고 기력 회복하는 일만 남았다. 나는 첫날 의식 없을 때 마주쳤던 의사라서 전혀 기억하지 못했고 나 혼자서만 친한 상황이었지만 그래도 참 반가웠다. 어머니는 길었던 치료 기간 중에 특히나 응급 중환자실 의료진들께 참 감사했고, 그때 중환자실을 담당했던 후배가 기억에 많이 남는다고 했다. 처음에는 맨날 죽는다 죽는다 매몰차게 말해서 참 밉기도 했는데 의식 처음 회복한 날 보호자와 같이 엉엉 울어 줬던 게 감사했단다.

이렇게 우리는 어떻게든 환자를 치료하고 살려 내려는 저력도 있었고 어떤 때는 보호자와 같이 울어 주는 감성도 있었으며 그 속에 희망과 기적 그리고 낭만이 같이 있었다.

9. 마무리하는 시간

 2020년 1년 차 전공의 시절, 한 달간의 내과 파견 수련 기간에 만났던 환자 이야기다. 87세 남자 환자는 기저 질환이 제법 있었다. 9개월 전에는 심장 주위에 물이 차서 심장 주머니에 배액관도 유치했었고, 이런저런 검사를 해 봤더니 심장 주머니가 딱딱해지는 유착성 심장막염(Constrictive pericarditis)을 진단받았었다. 꽤 진행된 알코올성 간경화도 있었고, 심방세동이라는 부정맥도 있었다. 이런 환자가 불러도 깨어나지 못할 정도로 의식이 혼미해져서 응급실로 내원했다. 뇌 CT 등의 검사에서는 특별한 문제가 없어서 뇌출혈이나 뇌경색으로 인한 의식저하는 아닌 것이라 판단했고, 암모니아 수치도 안 좋고 콩팥 기능과 간 기능도 떨어진 것으로 보니 간 기능 저하로 인한 간성 혼수로 인해 의식이 혼탁해진 것으로 생각되었다. 간은 어느 정도까지는 손상이 있어도 잘 버티고 회복하지만, 술이든 B형, C형 간염이든 장기간의 반복적인 타격으로 어느 선을 넘어 버리면 지쳐 버리고 딱딱하게 바뀌어 버리는데 그것을 '간경화'라고 한다. 간경화가 생겨서 간이 딱딱해지면 이제 회복하진 못하고 여러 문제가 생긴다. 우리 몸을 한 바퀴 돌고 난 혈액의 상당량이 간을 통해서 심장으로 돌아오는데 간이 딱딱해져 버리니 쉽게 생각해서 혈액순환이 잘 안된다. 명절 연휴 기간 고속도로가 꽉 막히면 그냥 국도로 빠져나가는 사람이 생기듯 혈액이 간에서 부드럽게 심장으로 빠져나가지 못하고 꽉 막혀서 옆쪽으로 줄줄 세어 나가는데 이것이 복수나 흉수를 만들기도 하고, 식도, 위장 등의 혈관이 부풀어 오르게 하기도 한다. 간에서 여러 단백질을 만들어 내는 역할도 해 줘야 하는데 그 기능도 떨어지다 보니 피가 났을 때 멈추게 해 주는 단백질인 '응고인자(Coagulation factor)'를 잘 못 만들어 내서 출혈도 잘 생기고 지혈도 잘 안된다. 또 우리 몸에서 만들어 낸 노폐물은 간 혹은 콩팥으로 배출되는데 간으로 배출되어야만 하는 노폐물들은 걸러 내지 못하니 독소(암모니아)가 쌓이게 되기도 하고, 독소 때문에 의식이 혼탁해지는 '간성 뇌증'

도 생긴다. 이 환자는 워낙 안 좋던 간 기능이 갑작스럽게 한 번 더 떨어지면서 '간부전' 상태가 생겼다. 이 중 앞서 언급한 다양한 합병증들 중 독소가 쌓여 생기는 '간성뇌증'과 혈액 응고 단백질을 만들어 내지 못하니 생기는 '응고장애'가 생긴 것이었다. 폐에는 다량의 흉수도 찼었는데 상당한 수준의 응고장애로 지혈이 불가능한 상태니 흉수를 함부로 빼낼 수도 없는 문제도 있었다. 이에 우선 간성 뇌증에 대해서 독소를 빼는 관장 치료를 하고 간 기능 저하로 인한 응고 장애는 응고 인자를 수혈로 채워 주면서 천천히 호전되기를 기다리는 계획이었다. 이 환자가 새벽 중에 입원해서 나에게 주치의로 배정되어 있었다.

보호자는 따님이 있었고 침착한 분이었다. 아침 회진 시간에 위와 같은 지금의 문제를 설명드렸다. 간부전이 심해서 젊은 사람이면 간 이식을 준비해야 하는 수준인데 워낙에 고령이라 그건 어려워 수혈하고 관장하면서 버티며 의식이 돌아오길 기다리는 게 최선이라고. 흉수 문제도 있는데 보통 안전하게 시술하려면 응고 수치(Prothrombin TIme, PT INR)가 2점대 정도까지는 되어야 하는데 지금은 6점대로 뭐 하나 건드리면 지혈이 되지 않아 해결이 불가능하니 조금 더 안전할 때 해결하는 계획도 설명드렸다.

오후 3시쯤 갑자기 이 환자가 산소 수치가 갑자기 떨어진다는 연락이 왔다. 직접 가서 보니 환자는 조용히 산소 수치만 떨어지는 게 아니라 의식이 없는 중에도 숨 쉬기 힘들어하고 불안정해 보이는 모습(Agitation)이 있었다. 조용히 산소 수치만 조금 떨어지는 경우와 환자가 불안정한 모습을 보이는 경우는 매우 큰 차이가 있다. 전자는 산소를 주면서 천천히 검사해 봐도 되는 경우가 많지만 후자의 경우는 갑자기 숨이 넘어가 버리기도 한다. 정황상 폐를 싸고 있는 주머니인 흉막에 다량의 흉수가 있었으니 이게 문제일 것이었고, 어느 선까지는 남은 폐와 반대쪽 폐로 잘 버티고 있었는데 이게 계속 차오르는 추세인 것 같았다. 흉수가 너무 늘어서 폐가 지나치게 쪼그라들어 이런 상태가 되었을 것이다. 응급의학과를 시작한 지 4개월 차 밖에 되지 않은 신입이었지만 이건 당장 해결 안 하면 죽는다는 강한 확신이 들었다. 따님께 지혈 문제로 흉수를 안전하게 빼기 위험할 수 있는데 그래도 지금 안 빼면 인공호흡기 꽂고 중환자실 가거나 사망할 정도로 위험해졌다고 설명드렸다. 잠깐 고민하시더니 이전에 환자는 인공호흡기 등의 연명치료는 절대 안 하려 했던 분이셔서 방법이 없으니 문제가 생기는 걸 감수하고라도 진행을 해 달라 하셨다. 시술실로 이송하는 것도 위태롭고 마냥 대기할 상태는 아니라서 최대한 빨리 내가 해야 했다. 네다섯 번쯤 해 봤으려나. 경험이 많지는 않았지만 할 수 있을 것 같았다. 내과 일반 병실에서는 잘 쓰지도 않는 초음파를 어디 멀리서 빌려 와서 초음파를 보고 카테터를 집어넣어 흉수를 빼냈다. 약간의 피 색도 섞여 있는 것이 일반적인 복수처럼 물이 고여 있던 건 아니었고 무언가 흉막에 염증반응이 있는데 지혈이 잘 안되는 사람이니 진물이 자꾸 새어 나오면서 만들어진 흉수 같았다. 1L 정도 흉수를 빼니 숨 쉬는 모습도 다시 편해지고 산소 수치도 정상이 되었다. 합병증은 다행히 안 생겼다. 이렇게 첫 번째 고비는 넘길 수 있었다.

고비를 넘겼던 환자는 며칠에 걸쳐 천천히 조금씩 호전되고 있었다. 1주일째 되던 시점에는 350까지 상승했던 간 독성 수치(암모니아)도 거의 정상인 50까지 떨어졌고 6점대 이상 치솟았던 간부전, 응고수치(PT INR)도 4.3까지는 떨어졌다. 야간에 약간의 섬망을 보이긴 했지만 낮에는 보호자와 대화도 가능했다. 흉수의 원인은 결핵으로 인한 늑막염일 가능성이 높아서 결핵을

76   응급실 이야기

치료하는 약제도 조심스럽게 시작했다.

　하지만 이는 마지막으로 며칠이라도 가족들을 멀쩡한 정신으로 보기 위해 겨우 살아 낸 것이었을까, 환자는 여기서 더 회복하지는 못했다. 약 3일 정도는 보호자와 대화도 가능하고 주치의인 나도 알아보기도 했지만 다시 점차 악화되어 의식이 저하되기 시작했다. 근본적으로 간 기능이 회복이 되어야 할 텐데 회복되진 못했고 차선책으로 간 기능을 채워 주는 수혈로 장기간 버티다 보니 수혈로 인한 여러 합병증도 생겼다. 수혈로 몸이 알칼리화되어서 경련을 하기도 했고 점점 몸이 부었다. 이전과 다른 양상으로 양쪽 폐에도 물이 찼다. 폐에 물이 차는 것과 몸이 붓는 것을 해결하기 위해 이뇨제를 사용해도 반응이 없었다. 수혈을 안 하면 여기저기서 피가 날 것이라 수혈해 주는 것인데 난처했다. 더 이상 방법이 없었다. 가족들은 이제 준비가 되었으니 더 이상 고통스럽지 않게 해 달라고 하셨다. 매일같이 피 검사하고 수혈받는 것도 고통스러워 보이니 부디 중단해 달라고 하셨다. 의식이 돌아왔던 3일 만으로도 충분히 값진 시간이었을까. 창가 자리에서 보호자 침대에 기대어 앉아 평온한 얼굴로 책을 읽어 주시던 따님의 모습이 아직 기억난다. 1주일 정도 뒤 새벽,

환자는 그 자리에서 평온하게 임종하셨다.

아침에 출근을 해 보니 내 자리에 초록색 편지 봉투가 놓여 있었다.

공성식 선생님,

선생님께서 응급치료를 잘 해 주신 덕분에 아빠가 3주 동안 잘 버텨 주실 수 있었습니다.
그렇게 벌어진 3주간 저희 가족 모두 아빠와 소중한 추억도 쌓고 마음도 차분히 할 수 있었습니다.
무엇보다도 상심이 크셨던 엄마에게 항상 자세히 설명해 주시고 따뜻하게 대해 주셔서 엄마가 많은 위로를 받으셨어요.

진심으로 감사드립니다.

이 ○○ 님 딸 이 ○○ 드림

응급실 이야기

다양한 기저질환이 있던 환자에게 갑자기 사달이 나서 응급실로 내원했을 때 이를 잘 살려 내려면 매우 많은 자원과 에너지가 필요하다. 그리고 이미 선을 넘어 버린 경우가 아니면 그 한 번의 고비는 어떻게든 우리 응급의학과 의사들이 해결해 내는 경우가 많다. 하지만 우리가 힘들게 살려 낸 분들은 그만큼 좋지 않은 분들이다. 입원해서 얼마 못 버티고 며칠 만에 찾아오는, 혹은 어찌어찌 퇴원한 이후 다음번 찾아오는 두 번째 고비는 해결하지 못할 때가 많다. 이렇게나 애써서 살려 두는 게 의미 있을까 고민될 때도 있었지만, 이○○ 님의 경우처럼 어떤 가족에게는 귀중한 마무리 시간이 될 수 있기에 오늘도 열정을 쏟아 내고 있다.

10. 투병일기 (1)

　나는 어릴 때는 잔병치레가 많았지만 중학생 이후로는 거의 아파 본 적이 없었고 당연히 응급실을 환자로 방문할 일은 없었다. 게다가 응급의학과 의사로 몇 년 근무하다 보니 복통, 두통이 생기면 스스로 진찰해 보고 CT를 촬영해 봐야겠다 생각될 정도로 응급한 것이 아니면 집에서 타이레놀 먹고 물이나 마시는 등 '보존적 치료'를 하며 생활했으며 심지어 어지러움이 생겼을 때는 스스로 이리저리 몸을 굴려 보며 이석증의 위치를 특정해서 이석을 원래 자리로 넣는 '이석 정복술'까지 해 버리는 경지에 올랐었다.

2022년 여름, 나는 꽤 높은 3년 차 전공의였지만 우리 병원 응급의학과는 수련이 힘든 곳이어서 근무 개수가 꽤 많았고 1주일에 낮 근무 2개, 밤 근무 3개 정도가 평균이었다. 연속으로 밤 근무를 하는 스케줄을 맞이하면 늘 첫날밤에는 가벼운 두통이 있었고, 여느 때처럼 가벼운 두통으로 타이레놀을 먹고 밤을 새운 날이었다. 보통은 근무가 끝나갈 때쯤 되면 괜찮아졌었는데 이날은 평소와 다르게 두통이 꽤 심해서 타이레놀을 한 번 더 먹고 버티다가, 상태가 안 좋아서 동료에게 양해를 구하고 30분 빨리 교대하고 얼른 귀가해서 잠을 청했다. 자고 일어나면 좀 낫기를 기대하면서.

예닐곱 시간쯤 자고 일어났는데 퇴근 직전 때보다는 낫지만 그래도 여전히 두통이 지속되고 매스꺼웠다. 편두통이 좀 심한 날이구나 생각하고 상비약으로 가지고 있던 울트라셋, 나프록센, 맥페란 등 다양한 약을 조합해서 화려하게 자가 처방해서 복약했고, 이 와중에도 근 손실을 걱정하며 밥 먹고 뒤척거리다가 다시 잠이 들었다. 늦은 저녁에 잠에서 깼다. 증상은 아직 지속되었고 점점 심해지고 있었다. 보통은 편두통이든 숙취든 두통이 많이 심했던 날에도 두 번 자고 일어나면 씻은 듯이 나았는데 조금 이상했다.

'객관적으로 생각해 보자. 30대 초반 남성이 하루 전부터 머리가 아프고 매스꺼운데 다른 신경학적인 문제는 없이 응급실을 내원했다. 우리 병원에서는 혈관 조영 CT(Brain CT angiography)를 확인해 볼 것이고, 재수 없이 염증 수치가 조금 올랐거나 체온이 조금 높으면 끔찍하게 뇌척수액 검사(Spinal tapping)를 당할 것이다. 내가 지금 이걸 다 해 봐야 하는 상태인가?'

정답은 당연히 '아니다'였다. 3년 전에 검진으로 확인한 뇌혈관 MRI에서 뇌혈관은 깨끗했으니 갑자기 뇌출혈이 생길 수는 없고, 무엇보다 척추뼈 사이에 12cm나 되는 바늘을 꽂아서 검사하는 뇌척수액 검사는 절대 당하고 싶지 않았다. 그럼 결론은 약물치료였다. 아까 화려하게 자가 처방했던 약들을 증량해서 복약하기로 했고, 역시 근 손실도 용납할 수 없으니 단백질 보충제를 마시고 잠을 청했다. 퇴근하고 약 열네 시간쯤 잔 상태였지만 만성 피로에 시달리는 3년 차 전공의에게 잠을 더 자는 건 아주 쉬운 일이었다. 중간에 두통으로 잠깐 뒤척이며 깨긴 했지만 다음날 오전까지 계속 잤다. 약 30시간 가까이 자고 일어났는데 두통은 점점 더 심해졌고 이번에는 무언가 몸이 이상해진 게 느껴졌다. 사물이 두 개로 보였다. 한 눈을 가리고 반대쪽 눈으로만 보면 정상적으로 보이는데 양 눈을 뜨고 정면을 보니 문 손잡이가 두 개로 보였다. 이게 말이 되는 일인가 하며 여러 번 확인했는데 확실했다. '양안 복시(Binocular diplopia)'. 양안 복시는 원인도 다양하고 정밀 검사가 필요하다. 이제 미룰 수 없었다. 나같이 건강한 사람이 응급실을 가는 건 생각도 못 했는데 부끄럽지만 응급실로 가야 했다. 응급실까지 어떻게 갈지도 잠깐 고민했다.

'출근할 때처럼 걸어갈까? 아니다. 걸어가긴 너무 아프다. 119에 신고할까? 아니다. 119 침대에 누워서 꽁꽁 싸매져서 들어가는 건 자존심 상한다. 그리고 더 위중한 사람이 쓰게 두자.'

카카오 택시가 바로 잡혀서 택시를 타고 응급실로 갔다. 늘 출퇴근하던 응급실 입구였는데 환자로 가니 괜히 낯설었다. 코로나 방역 기간이라 응급실 접수 전에 거쳐가야 하는 간호사님을 만나러 갔다.

"어떻게 오셨어요? 성함이랑 나이가 어떻게 되세요?"

"저 공성식인데요….”

"우악 선생님!”

"양안 복시랑 두통으로 왔습니다….”

양안 복시와 두통은 중증 환자로 분류되어 응급실 깊은 곳으로 배정받는다. 들어가서 자리에 앉으니 수제자로 키워 왔던 후배가 담당의가 되어 나를 보러 와서 간단한 진찰을 시작하고 몇 가지 물어보았다. 평소에 가르쳐 줄 때는 몰랐는데 환자로 보니 꽤 프로페셔널 해 보였다.

"형, 복시랑 두통 생겼다면서요. 어떻게 할까요? 형 근데 오른쪽 눈이 사시가 되었네요.”

MRI 대기를 걸어 두고 안과 진료부터 먼저 보기로 했다. 안과 외래에는 일하면서 가끔 통화하고 마주치기도 하는 모 전공의 선생님이 있었고 이분 역시 언제나처럼 유쾌하고 프로페셔널하게 검진을 해 주었다. 안과 진료가 끝나고 돌아가니 내 이름으로 배정된 침대가 마련되어 있었고 덕분에 편히 누워 있다가 MRI 실로 이송되었다. 근무하면서 불안정한 환자들을 침대로 이송할 때 내가 옆에 딱 붙어서 같이 간 적은 셀 수 없이 많았지만 환자로 누워서 천장을 보며 검사실로 이동하는 것은 느낌이 매우 낯설었다. '무슨 병일까? 큰 위험한 병은 아닐까? 후유증 남으면 안 되는데. 결혼도 못 했는데 사시로 살아갈 수는 없는데.' 별생각이 다 들었다. MRI 촬영 이후에 영상의학과 당직 선생님이 곧바로 판독을 해 주었고 조금 애매한 소견이었다. 친분 있는 신경과 전문의 선생님이 지금까지의 결과를 설명해 주셨다.

"톨로사 헌트 증후군(Tolosa-Hunt syndrome) 같기는 한데 MRI 소견이 조금 애매한 부분도 있어서 전형적이진 않네요. 아닌 것 같긴 한데 영상의학과에서 감염이 완전히 배제되지는 않는다고 해서 조금 고민이 됩니다. 교수님이랑 좀 더 상의해 볼게요."

톨로사 헌트 증후군은 알 수 없는 이유로 눈 주위의 뇌 신경에 염증이 생겨서 두통과 복시를 일으키는 질환이다. 보통은 면역을 떨어뜨리는 스테로이드 치료를 하는데, 이 병이 아니라 만약에 균 감염이었던 것을 오진해서 치료하면 면역력만 떨어지고 신경이 세균에 잡아먹히는 참사가 일어나는 것이니 고민될 만했다. 얼마 뒤에 후배가 다시 찾아왔다.

"형, 태핑 하자는데요."

내가 어제부터 절대 당하고 싶지 않았던 뇌척수액 검사 이야기였다.

"진짜 꼭 해야 하는지 신경과에 한 번만 더 물어봐 주라."

역시 나의 수제자는 다시 한번 물어봐 주었고, 절대 무조건 꼭 어떤 일이 있어도 해야 한다는 답변을 받아 왔다.

"형, 제가 한 번에 성공할게요."

예상대로 마취 당하는 게 무지하게 아프고 끔찍했지만 한 번에 무탈하게 뇌척수액 검사는 끝났고 다행스럽게도 뇌척수액은 깨끗하고 감염은 없었다. 일요일 늦은 저녁 신경과 병실로 입원했는데, 그래도 응급의학과 3년 차 전공의가 입원했다고 담당 교수님이 밤늦게 잠깐 보러 오셨고 빠르게 스테로이드 치료를 시작할 수 있었다. 두통으로 약 48시간을 앓다가 스테로이드가 들어가고 나서야 드디어 두통 없이 잠들 수 있었다.

다행스럽게 치료 반응이 좋아서 두통은 며칠 만에 완전히 가셨다. 복시는 회복에 시간이 조금 더 소요된다고 했다. 주사로 고용량 스테로이드를 맞아야 하는 1주일 간 입원을 유지하면서 모처럼의 뜻하지 않은 휴가를 즐기며 주위를 둘러봤다. 혼잡하고 시끄러운 응급실과 다르게 병동은 조용하고 간호사님들도 상냥해서 다른 병원인 것 같은 인상도 받았다. 5인실에 있을 때는 환자들이 생각보다 서로 잘 배려해서 최대한 조심스럽게 생활하는 게 눈에 보였고, 그럼에도 코골이나 생활 소음 때문에 역시 불편하긴 하구나, 예민한 환자들은 회복에 영향을 받을 수 있겠다 싶었다. 2인실에 있을 때는 옆자리에 척추 암으로 장기간 투병하는 40대 아저씨가 있었는데 희망을 잃지 않고 부부가 긍정적이고 다정하게 살아가는 모습에서 괜스레 따뜻함을 느꼈다. 옆 병실 뇌졸중 환자 중 한 명은 삼킴 기능이 좋지 않다 보니 사레가 들면서 숨을 못 쉬어 인공호흡기를 넣게 되는 일도 있었는데 내가 수십 번 해 온 일인데도 복시 때문에 아무것도 도울 수 없는

것에 무력함을 느끼기도 했고, 입원 마지막에는 직장에서 주어
진 역할을 해내면서 건강하게 지내는 것이 참 감사한 일이었구
나 하는 생각도 했다.

퇴원하고 나서도 고용량의 경구 스테로이드를 1주일 더 유지
했다. 스테로이드는 장기간 사용하면 여러 부작용이 생기는데
직접 경험해 보니 쉽사리 피곤해지고 살도 많이 찌고 피부 발진
도 생기는 게 보였다. 슬프지만 근력도 떨어지는 것이 그동안 열
심히 운동해서 키워 온 근육에서 근 손실도 느껴졌다. 약을 다
먹고 나서 며칠 뒤에 복시까지 완전히 나았고, 마지막 외래 진료
에서는 이제 다 나았다는 이야기를 듣게 되었다. 하지만 완치 판
정은 받았더라도 아직 완전히 정상으로는 돌아오지는 않았으니,
이번에 문제를 일으킨 3번 뇌신경의 아주 사소한 기능 중의 하나
인 '거리 미세 조정(Accommodation)'이 덜 회복되어서 시선이
이동할 때 초점이 곧바로 맞지 않았다. 이 기능까지 완전히 회복
될 때까지는 한두 달이 더 걸렸다. 나는 의사고 스스로 궁금한
걸 찾아볼 수도 있어서 후유증이 안 남고 다 회복될 것이라는 것
을 의심한 적 없지만 일부 환자들이 '병원에서는 다 나았다는데
내 몸은 아직 힘듭니다.'라고 호소하는 것을 어느 정도 이해할 수

있게 되었다.

   3주를 꼬박 쉬고 응급실로 복귀했다. 그동안 일을 쉬면서 동료들에게 폐를 끼쳤으니 못 했던 근무를 몰아서 했다. 힘들기보다는 감사했다. 건강하게 다시 일할 수 있음에. 그리고 이렇게 훌륭한 집단에 속해서 다시 우리 응급실을 지켜 내고 있다는 것에.

11. 투병일기 (2)

헬스, 등산, 트래킹 등 다양한 운동을 좋아하고 흡연도 안 하는 나는 역시나 건강해서 2022년의 '톨로사 헌트 증후군' 사태 이후에는 당연히 별문제 없이 지냈다. 2023년 6월은 연건동 서울대학교병원에서 근무를 하던 시기였다. 응급의학과 수련을 중도 포기한 몇몇 전공의들로 인해서 인력이 부족했고 전공의 마지막 년차인 4년 차 수석 전공의였지만 근무 개수가 여전히 많아서 1주일에 낮 근무 2개, 밤 근무 2.5개 정도 되었었다. 4년간의 수련을 거치면서 몸도 많이 닳아서 이틀 연속 밤 근무를 하고 나면 정신을 못 차리는 지경이었지만, 날씨가 워낙에 좋은 시기여서 쉬는 날에 운동하거나 와인, 맥주 등 술을 먹는 낙으로 버텨 내고 있었다.

6월의 마지막 주, 몇 번의 밤 근무가 끝나고 3연속 낮 근무를 앞둔 날, 쉬는 날을 흘려보내기는 아쉬워 꽤 과음을 했고 다음 날 엄청난 숙취를 안고 피곤한 상태에서 출근했다. 숙취로 인해 두통이 조금 있었지만 진통제를 먹고 근무를 잘 해냈고 몸 상태는 아침 기상 직후보다는 비교적 회복된 상태에서 퇴근했다. 피곤해서 곧바로 쓰러져 잤다. 두 번째 날 기상하니 두통이 여전히 있었다. 숙취와는 약간 다른 느낌이었지만 이틀 전 워낙에 과음을 했기에 조금 덜 회복되었겠거니 생각하며 또 진통제를 먹으며 근무를 했다. 퇴근시간이 다 되어 오니 가벼운 구역감도 동반되었는데 '설마 작년의 톨로사 헌트 증후군이 재발하는 건 아니겠지' 하는 약간의 불안감도 있었지만 이 병이 재발하는 건 너무나 드문 일이고 작년의 그 통증과는 조금 달라서 물이나 많이 마시고 푹 자기로 했다.

새벽에 두통뿐 아니라 눈 깊은 곳의 통증이 심해져서 잠에서 깨 거울을 봤는데 오른쪽 눈이 약간 돌출되었다. 이건 또 뭔가 싶었지만 복시나 시야장애나 시력이 떨어지는 증상 없이 눈만 약간 돌출되는 건 안과적인 응급 증상이 아니기에 꼭두새벽에 MRI 촬영할 일은 아니다 싶었다. 대신 눈 MRI를 확인해야 하는 일은 맞았고 몇 시간 뒤 응급실로 출근을 할 테니 근무시간에 잠깐 30분 정도 동료에게 자리를 맡겨 두고 검사해 보려고 계획 세웠다.

아침에 보니 통증은 전날보다 덜 했지만 눈이 점점 더 돌출되고 있었다. 내 이름을 접수하고 MRI를 대기하며 안대를 착용하고 진료를 보고 있었는데 응급의학과 실무를 담당하는 교수님이 어떻게 내 소식을 듣고 심상치 않다 생각하셨는지 일요일인데도 나 대신 근무를 서 주려고 출근 중이라는 연락을 받았다.

"아 교수님 그 정도는 아닙니다. MRI 결과 보고 정해도 될 것 같습니다."

"아니다. 무리하지 말고 우선 가서 보자."

교수님이 곧 도착했고 내 눈을 보시더니 짧게 한마디 하셨다.

"성식아 니 안 되겠다. 형이 근무할 테니까 오늘은 그냥 쉬어라."

1년 만에 또 열외되었다. MRI는 곧 진행되었고 작년의 MRI와는 다르게 이번에는 안구 뒤쪽(안와, Orbit)으로 3cm 정도 되는 혹 같은 것이 보였고 내부에 출혈이 생긴 것 같았다. 영상의학과 당직 선생님께 전화를 걸었다.

"선생님, Orbit MRI 방금 찍은 거 제건데요, 제가 봐도 뭐가 터진 것 같은데 한번 바로 좀 판독 부탁드립니다."

곧바로 판독이 달렸다.

'r/o Lymphangioma with internal hemorrhage'

작년에 신경과 입원 중에 안과 진료도 보았는데 잘 생각해 보니 눈 뒤쪽으로 조그맣게 양성 종양이 하나 우연히 발견되었었다. '톨로사 헌트 증후군'과는 별개로 말 그대로 우연히 알게 된 것이니 잊고 살다가 혹시나 터져서 안구가 돌출되는 상황이 되면 수술해야 할 수도 있으니 그때 다시 고민해 보자고 했던 게 기억났다. 그리고 그 상황이 일어난 것이었다. 한글로는 '림프관종'이라고 하는데 흔히들 '임파선'이라고 하는 림프관과 미세혈관이 뭉쳐 있다가 터진 것이다.

　점점 사물이 두개로 보이는 '복시'도 생기고 눈을 굴리면 통증도 있고 돌출 정도도 점점 심해지는 등 안 좋아지는 게 느껴졌다. 안과 당직 선생님은 시력이 떨어지지 않았고 안압은 정상 범위 내로 유지가 되고 있으며 눈 신경이 압박을 받고 있는 징후도 아직 없으니 아직 응급 처치를 할 것은 없고 외래에서 추적을 하는 게 어떻겠냐 했다. 다만 본인은 이 나이에 발생하는 건 처음 보기도 했고 오늘은 해당 파트의 안과 전문의 선생님이 안 계셔서 더 자세히 알기는 어렵기도 하니, 작년에 수술 이야기를 했던 분당서울대학교병원 안과 교수님과 상의해 보는 것도 괜찮을 것 같다는 이야기도 추가했다. 새벽부터 빠르게 악화되고 있어서 이 추세면 정말 수술을 할 수도 있겠다 싶었고 곧바로 분당서울대학교 병원 응급실로 전원을 갔다. 물론 이번에도 구급차는 왠지 모르게 부끄러워서 혼자 지하철을 타고 갔다. 안과 진료를 다시 보았고 이 짧은 시간에 안압이 약간 더 올라서, 정상 범위이긴 해도 꽤 높은 수준이 되었다. 담당 교수님과 상의를 했다. 수술을 하면 너무 큰 수술이 되고 부작용 생기면 큰일이니 고민이 많이 된다고 하셨다. 하지만 분명히 경과가 악화되는 추세이긴 해

응급실 이야기

서 수술을 할 기준을 딱 정해 두었다. '색각'. 눈 신경이 압박을 받게 되면 영구적으로 시력 손상이 일어날 수 있어서 처치를 해 줘야 하는데 이때 첫 징후가 빨간색이 평소와 다르게 보이는 것이다. 절대 안정을 취하다가 색각 이상이 생기면 곧바로 수술 준비를 하기로 했다.

이번에는 나도 두려웠다. 작년에는 가족들에게 알리지 않고 혼자서 투병하고 지나갔지만 올해는 정말로 응급 수술을 집에서 대기하는 것이어서 법적인 보호자가 필요했다. 우선 동생에게 알렸는데 마음 약한 동생은 전화로 상황을 듣고는 목이 메는지 말을 잇지 못하고 울먹이는 게 들려서 내 튀어나온 눈을 보면 평정심을 유지할 수 없을 것이라 보호자로는 불합격을 주었다. 결국 이 나이에 참 죄송스럽지만 엄마가 보호자 겸 간병 겸 며칠 같이 있기로 했다.

다음 날 일어나 보니 눈은 더 땡땡 부어서 눈이 겨우 감아지는 지경이었다. 어릴 때 키웠던 '검정 툭눈금붕어' 같았다. 학생 때나 인턴 때는 본 적 없는 수술이라서 유튜브로 괜히 수술을 검색해 보았다가 더 공포감을 느끼기도 했다. 이래서 환자들이 네이

버에서 본인 증상 검색해 보고 깜짝 놀라 응급실로 오는구나 싶었다. 한편으로는 저명한 교수님이 수술 기준을 딱 정해 두셨으니 눈이 전날보다 더 돌출되었다고 해서 더 초조하진 않을 수 있어서 든든했다. 의과대학 시절에는 '의사가 믿고 본인 몸을 맡길 수 있는 의사'가 되고 싶었는데 교수님은 그런 분이구나, 나는 지금 그런 의사로 살고 있기는 한가 하는 생각도 했다.

외래 날이 되었다. 색각은 유지되었지만 눈이 더 부어서 감아지지 않았고 안압도 너무 높아져서 기계로는 측정할 수 없는 지경이었다. 교수님은 참 친절하고 차분했고 든든했으며 자신 있어 보였다. 안압을 떨어뜨리는 약을 사용하면서 3일마다 한 번씩 경과를 보기로 했다.

다음 날부터는 아주 천천히 부기가 빠지기 시작했고, 이틀 뒤에는 눈이 감기기 시작했다. 부기가 빠지면서 눈 주위에 한 대 맞은 것 마냥 피멍이 들었지만 점차 호전 추세라 안약 개수도 줄여 나갔다. 돌출되었던 눈도 미세하지만 하루하루 나아지는 게 보였고, 복시 범위도 점차 줄어들어 안대를 벗고 생활하는 게 가능하게 되었다.

응급실 이야기

2주를 쉬었다. 담당 교수님은 3개월은 절대 안정하고 푹 쉬라고 하셨고 의국에서도 더 쉬고 복귀하라 하였지만 전공의가 3개월을 쉬게 되면 1년을 유급해야 해서 그럴 수가 없었다. 이에 의국에서도 많은 배려를 해 주어 1주일에 두 번, 가벼운 근무로 시간을 줄여서 일할 수 있게 해 주었다.

어느덧 마지막 외래 날이 찾아왔다. 약간의 복시와 안구 돌출이 남아 있었지만 빠르게 호전되는 추세니 다 나을 것이고 이번 에피소드는 수술 없이 넘기기로 했다. 다만 다른 환자들을 보면 경험상 10년에 한 번쯤 재출혈이 생겨서 내원하는데 주로 과음, 무거운 것 드는 등의 무리한 운동, 심한 감기와 관련 있으니 조심하면서 지내라 하셨다. 물론 다음번에 출혈이 생겨도 색각이 유지되는 한 수술하지 말자는 이야기도 하셨다. 나에게는 살면서 기분 좋았던 순간들을 기록하는 습관이 있는데 이 순간들의 거의 대부분에 술, 운동이 있었기 때문에 꽤 씁쓸했다.

하지만 나는 참 간사한 사람이었다. 정말 응급 수술하게 되는 것 아닌가 하며 불안했던 것은 이미 잊어버렸다. 7월은 한여름이지만 나에게는 보라카이, 발리 등 휴가지에서 서핑하고, 물놀

이하고 놀았던 기억을 떠올리게 해 줘서 늘 휴가 같은 달이었다. 그리고 뜨거운 햇볕을 쬐면서 러닝하고 땀 뻘뻘 흘리며 마시는 맥주, 헬스하고 너덜너덜해진 상태로 마시는 맥주가 얼마나 맛있는 계절인데 포기할 수 없었다. 탄산수만 마시면서 버티다가 무알코올 맥주로 슬슬 간을 봤다. 오랜만에 햄버거에 무알코올 맥주라도 먹으니 살아 있는 게 느껴졌다. 팔 다리 가늘고 배 나온 모습으로 늙어가고 싶지 않다는 일생의 목표를 가진 나에게는 운동도 너무나 중요한 부분이라서 가벼운 산책으로 시작했다가 러닝까지 다시 한번 간을 봤다.

'무알코올 맥주에도 알코올이 0은 아닌데 먹어도 악화되지 않는구먼, 러닝까지도 괜찮구먼. 그리고 저번엔 과음하고 터진 것이니 운동은 좀 더 괜찮지 않을까?'

병이 난 지 한 달 반쯤 지나니 복시와 안구 돌출은 점점 더 나아졌고 특히나 돌출된 부분은 거의 정상으로 돌아왔다. 슬슬 페이스를 올리기로 했다.

무알코올 맥주는 330ml짜리 작은 캔 맥주로 바꿨다. 역시나

응급실 이야기

괜찮았다. 러닝에 헬스도 추가했다. 복압을 많이 안 쓰고 얼굴이 빨갛게 피 쏠리게 되지 않는 가벼운 무게부터.

점점 욕심이 났다. 두 달쯤 된 날, 점점 무게를 올려가다가 뭔가 눈 뒤쪽의 느낌이 이상했다.

다음 날 복시가 약간 악화되었다. 처음 터졌을 때처럼 통증이 심하거나 안구 돌출이 생겼거나 하진 않았지만 어찌 되었건 미세하게 출혈이 생긴 게 느껴졌다. 이제 이 정도의 무게의 벤치프레스도 할 수 없다는 게 슬펐다. 며칠 운동을 쉬면서 마음을 정리했다. 하지만 역시나 나는 간사한 사람이어서 무거운 것을 '드는 것'만 자제하고 턱걸이 등 '당기는' 운동은 계속하기로 했다.

나의 간사함은 지속되었다. 술도 330ml로 한 달쯤 단련해 보니 술 때문에 안 좋아지진 않았다. 벤치프레스 무게를 올렸듯 알코올의 양을 늘려 봤다. 맥주 500ml 한 캔도 잘 견뎠고 어떤 날은 두 캔도 잘 버텼다. 이렇게 간을 보면서 지내다가 10월, 병이 난 지 4개월째에는 한 달간 일본 연수를 가게 되었다. 일본에 갔는데 맥주를 안 먹을 수 없지 않은가. 매일 한 캔씩 꼬박꼬박 마시면서 지내다가 하루는 이자카야에서 옆 사람과 이야기하며 술을 마셨고 과음을 했다. 다음 날 두통이 있었는데 마치 6월 과음

후 병이 도졌던 그날의 느낌이었다. 불길한 예측은 잘 맞아떨어져서 복시가 다시 약간 악화되었다. 첫 출혈처럼 심한 건 아니었지만 확실히 술, 운동은 재출혈과 관계가 있구나 인정할 수밖에 없었다.

　이런 시행착오를 거쳐 이제는 술은 거의 안 먹고 운동도 정말 가볍게만 하면서 살아가고 있다. 술을 자주 먹어서 가끔은 줄여야겠다 생각하기도 했었는데 이참에 겸사겸사 줄였으니 잘되었다 생각하고, 운동하면서 관절이 성한 곳이 없었으니 이참에 헬스를 줄인 것도 잘되었다 생각한다. 또한 만약 '림프관종'이 머리 안에 있다가 터졌으면 뇌출혈이 생기거나 큰일 날 수 있었을 텐데, 오히려 눈 뒤쪽이니 차라리 감사하고 다행이라 생각한다. 그리고 또 한 번 환자들을 이해하는 마음이 커졌는데, 나도 이렇게 말도 안 듣고 걱정 많은 환자였으니, 인터넷에서 무언가 찾아보고 깜짝 놀라 응급실로 오는 사람들, 의사 말 안 듣고 술 계속 마셔서 병 키워 오는 알코올성 간경화 환자, 담배를 못 끊는 폐 질환 환자들도 미워하지 않고 잘 치료해 주기로 했다.

12. 치료받을 권리 (1)

　얼마 전까지 익선동이 SNS에 입소문을 타면서 어딜 가나 대기 줄도 길었고 저녁에는 인근의 종로 3가 주위로 포장마차가 줄지어 펼쳐졌으니 북적이는 젊음과 활기가 동네에 가득했다. 하지만 이런 화려한 곳에서 몇 걸음만 벗어나 보면 의외로 쪽방촌이 있다. 이웃에게 무관심하고 삭막해진 오피스텔이나 아파트와는 다르게 쪽방촌 거주자들은 옆집 사람에게 관심이 많은 것일까, 아니면 옆집 사람 외에는 본인의 존재를 기억해 주는 사람이 없는 취약한 사람들이라 서로 암묵적으로 의지하고 있는 것일까, 이들은 스스로 응급실을 찾아오기보다는 며칠간 보이지 않아서 이웃이 옆집에 들어가 보았더니 거의 죽어 가는 상태로 발견해서 119에 신고되어 응급실로 실려 오는 경우가 꽤 많다.

2021년 7월의 어느 날도 그런 날이었다. 40대 후반 남자 환자는 비썩 말라서 거동이 가능하겠나 싶은 정도였고, 수염과 머리카락도 덥수룩하게 당연히 관리되지 않았고 언제 씻었는지 알 수 없을 정도로 악취가 가득했고 때가 거뭇거뭇했다. 며칠간 안 보여서 이웃이 집 문을 열고 들어가 보았더니 의식이 없다고 신고되어 내원했다. 40도 이상의 고열이 확인되었고 의식은 전혀 없었다. 혈액 검사, 소변 검사, CT 등의 영상 검사에서는 열이 날 만한 감염병 등은 확인되지 않았다. 열사병이었다. 충분히 먹을 돈도 없었던 그 환자에게 에어컨이나 선풍기는 너무 과분한 것들이었고 여름의 한가운데 좁은 쪽방에서 푹푹 찌는 열기를 몸으로 받아 내다가 몸이 익어 버렸다. 정말로 몸이 '익었다'라고 이해하면 될 것이다. 학창 시절 생물 시간에 배웠듯 우리 몸에는 단백질이 상당 부분 차지하고 있다. 근육뿐 아니라 신장, 간 등의 내장기관도 단백질의 비중이 높고 더 미세하게 들어가면 우리 몸의 여러 반응을 조절하는 효소도 단백질이다. 구워진 고기가 다시 생고기로 돌아가지 않는 것처럼 온도가 올라서 익어 버린 여러 단백질들은 회복되지 않는다. 벌어진 상처에 살이 차오르듯 다시 새 단백질이 만들어져야지 원래 기능을 일부 회복할 수 있다. 하지만 상처가 잘 아물지 않고 그 자리를 흉터가 채우기도 하듯이 완전히 원래대로 돌아오는 것은 아니다. 수십조 개의 세포 내부에 포함된 효소가 모두 손상받았으니 열사병으로 의식 없이 내원한 환자들은 회복되지 못하고 사망하는 경우가 많다. 어찌 되었건 환자는 의식이 없으니 인공호흡기를 적용하고 체온을 떨어뜨리며 응급 중환자실로 입원했다. 특별한 치료가 필요한 것이라기보다는 익어 버린 몸이 회복될 때까지 여러 장치들로 보조하며 시간을 벌어 주는 것이었다.

보통은 익어 버린 몸이 한 번에 문제를 일으키기보다는 아직 남아 있던 기능들이 버티다가 천천히 안 좋아지는데 예상했던 것처럼 환자도 며칠에 걸쳐서 점점 악화되었다. 3, 4일쯤 지났을까 인공호흡기로 최대한 보조해 줘도 유지가 되지 않았다. 폐가 흐물흐물하게 녹아 버리는 급성 호흡곤란 증후군(Acute respiratory distress syndrome)까지 생겼다. 경찰을 통해서 보호자를 수배해 보았는데 법적인 보호자가 전혀 없는 독거인이었다. '이 정도 버티고 사망하는구나' 생각했던 찰나에 교수님께서 짧게 한마디 하셨다.

"에크모 하자."

에크모(Extracorporeal membrane oxygenation, ECMO)는 마지막 단계에 사용하는 생명유지 장치다. 지금 당장은 심장이나 폐가 기능을 하지 못하지만 며칠 뒤에 회복이 될 수 있다고 생각되면 그 회복하는 며칠간 기계가 심장이나 폐의 역할을 대신해 주는 것이다. 허벅지로 커다란 두 개의 관을 집어넣고 혈액을 외부로 빼내어 심장이나 폐 역할을 대신해 주는 펌프를 통해 산소를 불어넣어서 다시 몸으로 돌려 넣어 준다. 회복되기 어려운데 에크모를 적용하게 되면 연명의료 기간이 매우 길어지며 비용이 상당히 많이 드는 치료여서 의료보험공단에서는 보험으로 잘 인정해 주지 않기도 한다. 이 환자는 회복될지도 불분명하고, 만약 아주 낮은 확률로 회복한다고 해도 중환자실 치료 이후의 쇠약함은 어떻게 극복할 것이며, 장기적 후유증이 생기면 돌보아 줄 사람도 없었다. 무엇보다 의료비 지급능력이 없는 환자여서 지금까지의 치료만 생각해도 이미 적지 않은 세금이 소요된 것인데 더 비용이 소요되는 것이 아까웠다. 멀쩡하게 회복되어도 쪽방촌 독거인으로 살아갈 것이었다. 이런 복잡한 마음을 담아서 짧게 되물었다.

"교수님… 적절할까요?"

"그래도 젊은 사람인데 할 수 있는 데까지는 해 봐야지."

익어 버린 간 기능을 대신해 주기 위해 수혈도 하루에 한두 개씩 계속되었다. 중간에는 콩팥 기능이 멈추어서 며칠간 투석을 하기도 했다. 에크모 기계가 1주일 정도 돌아갔다. 정말로 젊은 사람이어서 그런지 폐는 조금씩 회복되어 에크모 기계는 제거할 수 있었다. 하지만 거기까지였다. 인공호흡기 없이 지낼 정도로 회복되지는 못했고 의식도 깨지 못했다. 결국 환자는 적극적인 치료에도 불구하고 중환자실에서 한 달 가까이 연명하다가 사망했다.

'Choosing wisely'. 2012년부터 미국에서 시작된 '현명하게 잘 선택하라'라는 캠페인이다. 환자와 충분히 상의해서 특정 검사, 치료가 유의미하게 결과를 변경시킬 수 있는 게 아니라면 하지 않는 것도 고민해 보라는 것이다. 불필요한 의료 비용이 발생하지 않고 오히려 의료 자원이 적절하게 배분되고, 환자의 무의미한 고통이 지속되지 않으니 전반적으로 의료의 질도 올라간다는 내용이다. 환자가 의식이 있었다면 연명의료를 바랐을까. 혹은 보호자가 있었다면 중환자실 치료를 지속해 달라고 했을까. 쪽방촌 독거인이라는 사회 경제적 위치를 가진 자는 연명의료를 받을 자격이 없는 것일까. 쪽방촌에서의 삶은 오만했던 젊은 의사에게 존중받지 못해야만 하는 삶이었을까.

13. 원망하진 않았을까

한국에서 10~30대까지의 사망원인 1위는 자살이다. 전 연령을 통틀어서 보면 10만 명당 23명이 자살로 사망하여 암, 심장, 뇌혈관질환, 폐렴 등에 이어서 전체 사망원인 중 6위를 차지한다. 10만 명당 약 11명인 OECD 평균의 2배를 넘는 압도적 1위 국가다. 때문에 응급실에서 근무하면 자살을 시도해서 내원하는 사람들을 매우 많이 보게 된다. 물론 목격된 추락 등이 아니고서야 자살에 성공한 사람들은 현장에서 곧바로 사망 처리되기 때문에 실제로 우리가 마주치는 대부분의 환자들은 의외로 정말로 죽으려 한 것은 아닌 경우가 절대적으로 많다. 주로는 수면제 등 정신과 약을 여러 봉지 먹어서 내원하거나 스스로 손목에 상처를 입혀서 오는 등 간단한 처치로 해결될 수 있는 정도가 흔하다. 심지어 반복적으로 자살을 시도했던 사람들은 이 정도로 본인들이 죽지 않을 것도 알고 있고, 약을 먹거나 자해한 이후에 스스로 119에 신고해서 내원하는 빈도도 꽤 높다. 나는 정신과 의사가 아니어서 그들의 심리는 잘 모르겠다. 이들은 술에 취해 있거나 감정이 격앙되어 있는 빈도가 높아서 진료에 협조적이지 않은 경우도 많아, 다른 급한 중증 환자 진료에 지장을 주기도 하는 등 솔직한 마음으로 짜증이 날 때도 많다. 최대한 잘 달래서 손상에 대한 처치를 한 이후에 정신건강의학과 의사와 면담을 한다. 해외의 연구에 따르면 반복적으로 자살을 시도한 사람은 언젠간 성공하는데 불안정한 시기에 정신과 의사가 개입을 해주면 자살에 성공할 확률을 줄여 준다고 알려져 있기 때문이다. 이후에 대부분의 환자나 보호자는 정신과 입원을 바라지 않으며 의료진이 강제로 입원시킬 수단은 현실적으로 거의 없기 때문에 형식적인 귀가 서약서를 작성하고 귀가한다. 잘 달래서 처치하고 면담하고 귀가하기. 습관적으로 굴러가는 응급실 자해 환자의 흐름이다.

물론 정말 마음 아픈 사람들도 있다. 내가 감히 '힘들었겠다'라고 생각하기도 죄송스러운 어려운 가정사가 있었던 환자들도 있었고, 성폭행의 기억을 쉽게 떨쳐 버리지 못했던 환자들도 있었다. 그중 홧김에 위험한 생각을 했는데, 그 수단이 너무 치명적이어서 해결할 수 없는 후유증을 가지고 가야 하는 사람들이 너무나 안타까워 기억에 남는다. 애초에 먹으라고 만들어 둔 약제들은 조금 과량 복용한다고 해서 큰 문제를 일으키지는 않지만, 먹으라고 만들어 둔 것이 아닌 것을 복용하면 치명적이다. 빙초산이나 락스를 많이 먹으면 식도가 녹아 버리는데, 녹아 버린 조직들이 유착되고 협착되면서 입으로 평생 먹지 못하는 경우도 있으며, 농약, 부동액 등은 그 자체로 경련을 일으키거나 콩팥에 손상을 주기도 한다.

20대 초반의 여자 환자였다. 어떤 이유에서인지 새벽에 술과 함께 차량용 부동액(에틸렌 글리콜)을 상당히 많이 복용하고 응급실로 내원했다. 충분히 몸에 독성을 일으키고 방치하면 사망할 수 있는 정도여서, 몇 가지 도움될 만한 약도 쓰고 경과에 따라 투석을 해야 할 수도 있었다. 하지만 이 환자 역시 감정이 격앙되어 있었으며 같이 있어 주고 달래 줄 보호자는 없었다. 모든 처치를 거부했고 여러 명이 설득도 하고 달래 보았지만 불가능했다. 그렇다고 보호자 동의도 없이 강제로 묶어 두거나 진정제를 투약하거나 하는 경우에는 의료진이 감금죄로 고소당할 수 있다. 스스로를 적극적으로 해하려고 하는 모습이고 의료진이 해결할 방법이 없어서 마지막 수단으로 경찰에 신고했다. 경찰이 방문했지만 경찰에게도 "건들면 추행으로 고소하겠다."라고 상당히 공격적인 모습을 보여 방법이 없었다. 얼마 뒤에 경찰도 별 소득 없이 복귀했고 환자는 응급실 밖으로 뛰쳐나가 도주해 버렸다. 이제 우리가 할 수 있는 건 없었지만 이대로 두면 분명히 사달이 날 것이라 경찰에 일종의 실종 신고를 했다.

거의 하루가 다 지난 늦은 저녁, 경찰이 병원 근처 CCTV도 확보하고 이런저런 고생 끝에 환자를 발견해서 찾아왔다. 이제는 의식이 없어서 저항하지 못했다. 혈압도 낮았고 혈액검사를 해 보니 몸이 산성화되어 사망하기 직전이었다. 경찰이 한두 시간만 늦었다면 시신으로 발견되었을 것이었다. 부동액이 콩팥에 아주 큰 손상을 입혀서 콩팥 기능도 멈춘 상태였다. 산성화된 혈액을 중화하는 약과 다량의 수액을 밤새도록 사용했지만 콩팥 기능은 잘 돌아오지 않았다. 콩팥이 제 기능을 못하면 소변을 보지 못하고, 소변으로 배출되어야 하는 수분이 몸에 쌓이며 독소나 노폐물이 걸러지지도 못한다. 이 콩팥 역할을 대신해 주는 것이 혈액투석이다. 환자를 중환자실에 입원시켜서 혈액투석을 했다.

하루 뒤에 의식은 돌아왔고 이제 격양된 것이 진정되어 치료에 협조적이었지만 불운하게도 콩팥 기능은 회복되지 못했다. 젊고 건강하던 사람이니 투석을 유지하면서 천천히 콩팥이 회복될 수도 있겠다 생각했는데 약 1주일 이상 지켜보아도 정상의 5~10% 수준에서 더 이상 돌아오지 않았다. 홧김에 한 선택으로 매우 불행한 삶이 펼쳐졌다. 한창 꾸미고 싶고 하고 싶은 것도 많을 20대 초반의 여성이 투석을 지속하기 위해서 오른쪽 쇄골 아래에 스타벅스 빨대만 한 투석관을 꽂고 살아야 한다. 그리고 1주일에 2~3번씩 병원을 방문해서 한 번에 네 시간씩 투석 받으며 누워 있어야 한다. 몸에 들어온 수분을 배출할 수단이 거의 투석밖에 없기 때문에 물 포함 음료도 하루에 500cc 이상 먹기 힘들다. 더 먹으면 몸이 붓고 숨도 차서 살 수가 없으니 국도 못 먹고 아메리카노 한 잔도 먹기 힘들다. 그날의 일은 본인 스스로에게 이렇게나 큰 벌을 줘야 할 만큼 힘든 일이 있었을까. 우리가 살려 둔 것을 원망하진 않았을까.

2부

14. 중환자실 할머니

93살의 여자 환자가 10분 이상 경련을 해서 응급실로 실려 왔다. 잠깐의 경련은 큰 문제가 생기지 않지만 어떤 이유에서든지 경련을 5분 이상 하면 약물로 경련을 끊어 주어야 한다. 그렇지 않으면 뇌가 점점 연약해져서 경련에 취약한 상태로 바뀌어 나가다가 약물로 해결할 수 없는 상태가 될 수 있다. 경련 시간이 길어지면 그 자체로 돌아올 수 없는 뇌 손상이 생길 수 있고, 다양한 이유로 심장이나 폐의 합병증이 생기기도 한다. 할머니는 경련 시간이 길었지만 다행스럽게도 두 번의 약물 처치에 경련 자체는 멈추었다. 하지만 경련하면서 타액과 여러 분비물, 음식들이 숨길로 넘어가서 '흡인' 폐렴이 생기고 있었고 오랜 경련과

약 때문에 의식이 회복되지 않아 저산소증이 심했다. 의식이 없는 사람이 숨을 잘 못 쉬면 사망할 수 있기 때문에 기계가 안전하게 대신 숨을 쉬게 해 줄 수 있도록 인공호흡기를 적용했다. 흡인이 많이 되어서 인공호흡기 요구량이 낮지는 않아 신경과 대신 우리 응급 중환자실로 입원시켰다.

입원해서 며칠간 정밀 검사를 진행했다. 흔히 입에 거품을 물고 몸을 부르르 떨며 쓰러지는 경련 환자를 뇌전증(간질)이 있다고 하는데, 이를 진단하는 것은 꽤 복잡하다. 다만 쉽게 생각하면 열이 났다거나 내과적인 다른 문제, 예를 들어 나트륨, 마그네슘, 칼슘 등의 전해질 불균형 등으로 경련이 일어난 것이 아니어야 하고, 뇌파 검사에서 경련파가 확인되는 경우가 해당하겠다. 환자는 며칠간 중환자실에서 경련이 재발하지도 않았고 뇌파검사에서도 경련파가 나오는 모습도 없었고, MRI 검사나 뇌척수액 검사 등에서도 큰 문제가 없었고 다른 전해질 불균형 등 경련을 일으킬 만한 요인도 없어서 뇌전증(간질)으로 진단하기는 어려웠다. 아마 나이 먹으며 피부가 점점 쭈글쭈글해지듯 뇌를 거의 100년을 사용했으니 쪼그라들고 위축된 뇌에서 이번에 한 번 경련의 스파크가 일어났을 터였다.

따님과 사위가 할머니를 모시고 살던 가정이어서 두 보호자를 병원으로 불러서 노화로 쪼그라든 뇌 CT를 보여 주며 검사 결과를 설명했다. 약 1년 반 전에 고관절이 부러져서 수술한 뒤로는 집에서 누워 지내시긴 했지만 치매도 없고 명료하게 지내시던 분께 이런 사태가 일난 것을 아직도 실감하지 못하는 상태였다.

"나이가 많으시긴 해도 평소에 드시던 약도 없고 똑똑하고 건강하던 분이셨는데 이럴 수가 있나요…."

초고령 환자의 보호자들이 흔히 하는 말이다. 주로 의학 논문에서 많이 사용하는 것이지만 'Charlson 동반 질환 지수(Charlson co-morbidity index)'라는 것이 있다. 쉽게 생각해서 환자의 기저 질환이 얼마나 '안 좋은' 상태인지를 점수화한 것이다. 예를 들어서 이전에 심근경색이 있었다면 1점, 뇌졸중이 있었다면 1점, 반신불수라면 2점, 전이가 되지 않은 위암, 대장암 등의 암 환자 2점, 백혈병 2점 등 여러 질환들로 점수를 측정한다. 하지만 여기서 제일 중요한 것이 나이다. 50세부터 10년마다 1점씩 추가되어서 80살부터는 그냥 4점으로 시작이다. 즉, '건강한' 80세 노인은 이미 4점이라 40살에 심근경색을 경험했고 백혈병을 치료 중인 사람(3점)보다 안 건강한 것이다. 이를 그대로 설명드렸고 보호자들은 합리적인 분들이셔서 곧장 납득하셨고 더 이상 의문을 가지지 않고 우리의 의견에 잘 따라와 주셨다.

'건강했던' 할머니는 중환자실에서 의식은 금방 회복했지만 인공호흡기에서 쉽게 벗어나지를 못했다. 흡인 폐렴이 며칠간 심하게 악화되고 폐에 물도 차면서 예상보다 중환자실 치료 기간이 길어졌다. 경험상 중환자실 치료가 길었던 환자들은 회복되더라도 이전의 기력으로 돌아오는 데 시간이 더 많이 소요되었기 때문에 최대한 빠르게 중환자실을 벗어나게 해 드리고 싶었지만 쉽지 않았다. 중환자실 진료를 할 때는 인공호흡기를 제거할 수 있는 몸이 만들어질 때까지 다양한 약물을 투여하면서 '가벼운 진정상태(Light sedation)'를 유지하기를 권장한다. 예를 들어 부르면 눈을 뜨고 간단한 지시를 수행했다가 잠시 가만히 두면 다시 수면상태에 빠진다. 인공호흡기 없이도 숨을 잘 쉬고, 가래도 잘 뱉어 낼 수 있을지 보기 위해 '기침해 보세요, 더 세게 해 보세요'라고 지시를 하면 잘 해내는 것도 중요하다. 매일 아침저녁으로 할머니를 깨워서 기침도 시키고 인공호흡기의 요구량을 점점 줄여 가면서 "내일 인공호흡기 빼 드릴 테니 힘내세요."

독려도 했다가, 마지막 한 곳이 부족해서 "오늘은 빼기 어려울 것 같고 내일 정말 빼 드릴게요." 다독이기도 하면서 1주일이 더 지났다. '가벼운 진정상태'로 오래 인공호흡기를 유지하면 당연히 환자는 불편한데 개중 예민한 사람들은 더 강한 진정제를 요구하면서 인공호흡기에 의존하게 되며 발관이 더욱 어려워지기도 한다. 우리 할머니는 불편했을 텐데 평온하고 얌전하게 잘 버티셨다.

약 10일이 된 시점, 언제나처럼 할머니는 기침도 잘 했고 폐는 거의 호전되고 인공호흡기를 거의 사용하지 않아도 잘 버티셨다. 드디어 때가 되었다. 몇 가지 절차를 거쳐서 오전 중에 인공호흡기를 제거해 드렸다.

"고맙습니다…."

10일간 할 말이 참 많았을 텐데 할머니는 고맙다고 고생했다는 말을 먼저 하셨다. 어떤 삶을 살아온 분이실까. 코끝이 찡했다.

인공호흡기를 제거한 첫날밤에 잠깐 산소 수치가 떨어지는 위기가 있었지만 다행히 다시 기관삽관을 하지 않고도 잘 버텨 내셨고 다음 날부터는 안정적이었다. 다만 역시나 기력이 많이 쇠했는지 식사를 하기 어려워했고 자꾸 사레가 들었다. 사레가 심하게 들면 폐렴이 또 생기며 위험해질 수 있어서 당분간 기력 회복할 때까지는 입으로 무언가를 삼키기보다는 코를 통해 위장으로 이어지는 관(Levin tube)을 넣고 이곳으로 영양음료와 약을 유지할 필요가 있었다. 하지만 할머니는 콧줄은 한사코 거부하셨다. 평온하고 조용한 할머니가 왜 이렇게까지나 콧줄을 거부하는지 알 수 없어서 따님에게 전화해 이유가 있을지 물어보았다.

"몇 년 전에 저희 집에 시어머니, 그러니까 어머니한테는 사돈 되는 분을 같이 모셔서 두 분이 친구처럼 지내셨는데 시어머니가 먼저 병이 나서 병원생활을 오래 하셨어요. 기력이 점점 안 좋아지셔서 콧줄 유지하면서 그리로 뉴케어(영양음료)만 드시고 꽤 오래 병원, 집 왔다 갔다 하면서 연명하시다가 돌아가셨거든요. 그 이후에 언젠가는 무의미한 연명의료는 안 하고 싶다는 말씀을 하셨던 것도 같아요. 그때 고생 많이 하셨던 걸 옆에서 보셔서 콧줄을 안 하시려나 봐요."

보호자들은 할머니의 의견을 존중하겠다며 남은 시간은 감사하게 덤으로 생각하고 살아가겠다 하였다. 우리는 콧줄 없이 며칠 더 고민할 시간을 드리기로 했다. 다음 날은 산소를 거의 사용하지 않아도 안정적인 수준으로 호전되었고, 이제 보호자와 같이 편하게 지내실 수 있도록 일반 병실로 보내 드렸다.

나는 중환자실 담당의였기에 병동에서는 후배들이 주치의를 하면서 할머니를 며칠 더 돌봐드렸다. 기록에 따르면 콧줄 없이 식사하도록 몇 번 시도해 보았지만 어려웠고 산소도 완전히 끊어 버리면 조금 불안한 수준이었다. 며칠 더 요양병원이라도 가서 영양제도 맞으시고 경련 예방하는 약도 주사로 맞으셨으면 했는데 당신의 의사가 아주 확고하셨고, 가정용 산소를 사용하면서 집으로 귀가하기를 바라셨다는 기록도 있었다. 마침내 퇴원이 결정된 날 마지막으로 한번 할머니를 뵈러 병실로 올라갔다. 따님과 함께 퇴원 준비를 하고 있었다.

"참 좋은 분이셔…."

며칠 전보다 조금 더 기력이 쇠한 것 같았지만, 인공호흡기를

응급실 이야기

제거하고 "고맙습니다…."라고 했던 그 표정 그대로 셨다. 먹먹했다. 당신들의 뜻으로 연명하기보다는 며칠이라도 명료하게 살기를 정하신 분들이 웃고 계신 걸 보면 마음이 너무나 쓰리다. 손을 잡아 드리고 "건강하세요."라는 말 외에는 할 수가 없었다. 별로 한 것이 없는데 뭐가 그렇게 감사한지 이번에도 계속 '감사합니다'라는 말만 하셨다.

할머니는 2주 뒤에 우리가 예약해 둔 외래를 방문하지 않으셨다. 덤으로 얻은 며칠, 몇 주 간의 시간을 잘 마무리하셨다는 듯이.

15. 연명의료

중증 환자가 응급실로 내원했을 때 인공호흡기를 적용하고 적극적인 치료를 할지 말지는 상당히 중요한 문제다. 심장이나 폐에 문제가 생겨서 적절하게 숨을 못 쉬는 상태에서는 외부에서 산소를 공급해 주게 되는데, 영화나 드라마에서 흔히 보는 콧줄이나 마스크로는 투여할 수 있는 최대치가 높지 않아서 어느 수준을 넘어가면 기계가 숨 쉬는 기능을 도와줘야 한다. 또 심장이나 폐 문제가 아니더라도 균 감염에 의한 패혈증이나 여타 다른 문제로 몸의 균형이 무너져서 몸이 산성화되는 '산증(酸症)'이 극심하게 생기면 평소보다 더 많은 호흡이 필요하고, 이를 보충해 주기 위해 인공호흡기를 적용하기도 한다. 이 외에도 여러 가지 경우가 있고 흔히 말하는 '인공호흡기'를 적용하기 전 단계에 사용할 수 있는 몇 가지 도구도 있지만 너무 깊게 들어가면 어려우니 우선 이렇게만 생각해도 큰 문제는 없겠다.

　잠깐 인공호흡기를 적용하고 며칠 만에 호전될 수 있는 사람에게는 큰 고민하지 않아도 되지만 문제는 인공호흡기 적용 기간이 길어질 환자들이다. 인공호흡기를 적용하기 위해서는 준비가 필요한데, 입을 통해 성대를 지나 기관(Trachea)에 튜브를 위치시켜서 숨길을 만들어 둔다. 이 튜브에 인공호흡 기계를 연결시켜서 숨을 쉬게 도와준다. 이 튜브는 앞서 언급했듯이 입에서 폐 직전까지 이어져 있는데, 약 2주 정도 사용하게 되면 입에서 세균이 슬금슬금 넘어가 튜브 겉을 코팅해 버리고 항생제로 해결되지 않는 염증과 유착을 일으킨다. 때문에 2주가 지나면 '기관절개술'이라는 것을 시행해서 목 앞, 성대 아래쪽에 구멍을 뚫는 '기관절개술'을 해서 튜브를 유지하게 된다. 이렇게 되면 성대 밑에 구멍이 뚫어져 있으니 말을 하지도 못하고, 애초에 인공호흡기를 2주 이상 유치해야 할 정도로 상태가 안 좋았던 것이니 기력을 회복하지 못하고 누워만 지내는 '와상 환자'가 되는 경우가 많다. 와상 환자가 되면 본인뿐 아니라 간호하며 상당한 병원비를 감당해야 하는 가족들에게도 고통스러운 삶이 펼쳐진다. 이 때문에 인공호흡기를 적용하기 전에 윤리적으로 많은 고민을 하게 된다. 이는 우리나라뿐 아니라 해외에서도 예전부터 있던 고민이라 'Choosing wisely', 적절한 환자에게 잘 선택하라는 말이 있다. 많은 경우 '이 환자에게는 인공호흡기를 적용하는 게 낫겠다.'라는 우리의 감이 맞지만 일부 예상이 빗나가는 경우도 있어서 늘 고민이 많이 된다.

몇 가지 기저질환이 있지만 꽤 건강하게 잘 생활했었던 80대 여자 환자가 호흡곤란으로 응급실에 실려 왔다. 몇 가지 검사를 해 보니 워낙에 때가 많이 꼈던 심장 혈관에 충격이 가면서 심장 기능이 갑자기 떨어지는 '급성 심부전'이 발생한 상태였고, 심장 기능이 떨어지니 혈액이 온몸으로 퍼지지 못하고 폐에 갑자기 혈액이 고여 버리는 '급성 폐부종' 상태가 동반되었다. 이때는 폐에 고인 물을 빼 주는 이뇨제 치료를 하고 추후에 심장에 스텐트 시술을 시행한다. 할머니는 산소마스크로는 버티지 못할 정도로 폐부종이 심했고, 인공호흡기계 전 단계의 콧줄 산소 치료인 '고유량 비강 케뉼라(High flow nasal cannula)'에도 유지되지 않고 점점 힘들어했다. 이런 경우에는 인공호흡기를 적용해야 하는데 할머니는 힘들어하는 와중에 절대 인공호흡기는 하지 말아 달라고 호소했다. 요즘은 당신들이 위중한 상태에 빠졌을 때 '무의미한 연명의료'는 하고 싶지 않아 하는 분들이 계시는데 할머니는 그런 분 같았다. 그런데 이번 경우에는 다른 큰 질환이 있던 분도 아니고 며칠 이뇨제로 폐부종 치료한 이후에 인공호흡기는 발관 가능할 가능성이 아주 높았다. 이번에 하는 인공호흡기는 연명의료가 아니고 잠깐 하고 끝날 치료니까 며칠만 고생하자고 계속 설득했다. 결국 우리가 이겼고 진정제를 투여하고 인공호흡기를 적용하고 응급 중환자실로 입원시켰다. 할머니는 치료 반응이 좋아서 폐부종이 빠르게 좋아졌고 하루 뒤에 인공호흡기를 제거했다. 이틀 뒤에는 산소가 거의 필요 없는 수준까지 나아져서 말도 잘 하고 밥도 잘 드셨다. 대체 왜 그렇게 인공호흡기 안 한다고 떼썼냐고 물어보았다.

"무서워서…."

그렇다. 눈망울이 크고 소녀 같았던 할머니는 구구절절 복잡한 연명의료의 문제가 아니라 그냥 겁이 많고 무서운 게 문제였던 것이다. 겁 때문에 생명을 잃을 뻔했지만 우리의 끈질긴 여러 번의 다독임 끝에 무서운 게 줄어들어서 치료를 잘 받을 수 있었고, 다행스럽게 우리의 감도 이번에는 틀리지 않아 인공호흡기를 금방 뗄 수 있었다. 할머니는 다음 날 심장내과로 전동을 가서 스텐트 시술을 받고는 안정적으로 며칠 뒤에 퇴원했고 지금도 숨찬 것 없이 잘 살고 계신다.

70대 남자 환자는 담배를 오래 펴서 폐에 구멍이 숭숭 뚫려 있는 '폐기종(Empysema)'이 심했고 호흡곤란이 평소에도 있어서 가정용 산소까지 하는 사람이었다. 여기에 폐렴이 생겨서 응급실로 왔고 겨우겨우 고용량의 산소에 버티고 있었다. 이런 환자는 정상적인 폐가 워낙에 적기 때문에 악화 시에 인공호흡기 치료를 하더라도 회복될 여지가 적고 고통만 길어지는 경우가 많다. 환자 본인도 몸 상태를 잘 알아서 악화되었을 때 무의미한 연명의료가 시작되지 않도록 해 달라고 '사전 연명의료 의향서'를 작성해 둔 상태였다. 항생제와 호흡기 치료 등 여러 '보존적 치료'로 버텨 내는 게 최선이고 버텨 내지 못하면 편하게 임종하는 것이 필요했다. 며칠 응급실에서 경과를 보다가 응급 병동으로 입원했는데, 입원 직후에 악화되기 시작했다. 항생제와 호흡기 치료로 버텨 내지 못하고 나쁜 공기인 '이산화탄소'가 쌓이면서 의식이 점점 떨어지고 있었다. 의식이 떨어지면 얼마 못 버틴다. 문제는 옆에서 간병 중이던 보호자가 중환자실 치료를 받으라고 열심히 설득을 시작한 것이었다. 병동 담당 응급의학과 교수님이 이건 무의미하고 인공호흡기를 적용해도 얼마 뒤에 돌아가실 가능성이 너무 높으며, 본인이 이전에 정신이 명료했을 때 연명의료를 하지 않겠노라 의사를 밝힌 것이 있으니 편하게 보내 드리라고 강하게 말렸지만 막무가내였다. 끝끝내 보호자는 의식이 떨어져 가는 환자를 설득해 냈고, 환자는 중환자실로 내려와 인공호흡기를 적용했다. 인공호흡기를 최대 용량까지 적용해도 유지하기 어려울 정도로 폐가 안 좋았고, 인공호흡기에 잘 적응하도록 매우 강한 진정제를 사용했다. 며칠에 걸쳐서 환자는 더욱 악화되었고 폐렴으로 폐 전체가 녹아 버리는 급성 호흡곤란 증후군(Acute respiratory distress syndrome)에 빠지고 콩팥 기능도 점점 떨어지는 등 임종이 가까워지는 게 보였다. 그럼에도 보호자들은 계속 적극적인 치료를 바라여 콩팥 기능을 대신해 주는 투석치료까지 받아 내고야 말았다. 1주일째에 임종이 임박했다. 보호자들은 의미가 전혀 없는 심폐소생술까지 시행할

기세였지만 결국은 의료진의 설득에 못 이기고 심폐소생술은 포기했다. 환자는 인공호흡기를 적용하는 순간이 삶의 마지막 기억이었을 것이고 이후로는 의식 없이 누워 있다가 추운 중환자실에서 쓸쓸하게 임종을 맞이했다. 이번에도 우리의 감이 틀리지 않았다. 환자는 가족들 옆에서 평온한 마무리를 할 기회를 놓치고, 외롭게 1주일간의 무의미한 치료를 받다가 사라졌다.

60대 남자 환자는 대장암 말기 환자로 투병 기간이 길었다. 대장암 수술을 하면서 장루도 가지고 있었고, 간으로 대장암의 전이가 매우 심해서 CT상에 정상 간 조직이 거의 보이지 않을 지경이었다. 간이 이렇게 딱딱하고 안 좋은 사람들은 혈액순환이 잘 안되다 보니 식도, 위장, 대장 등 여러 장 부위에 정맥류(Varix)라는 피 주머니가 생기고 이것들이 터지기도 한다. 또 출혈이 생겼을 때 피가 멈추게 하는 '응고인자'를 잘 못 만드는 문제도 있어서 장 출혈 시에 상당히 위험하다. 이런 환자가 장루 부위로 피가 쏟아지고 혈압이 떨어져서 내원했다. 여러 가지 지혈제를 사용하고 수혈도 다량 하며 응고인자도 채워 줬고, 외과 교수님이 장루 내부에서 피가 나는 부위를 찾아 봉합까지 마쳤다. 혈압은 여전히 낮았지만 이제 잘 버티는 일만 남았다. 이 환자 역시 투병 기간이 길었기 때문에 본인의 몸을 잘 알아서 무의미한 연명의료는 보류해 달라는 '사전 연명의료 의향서'를 작성해 둔 상태였다. 본인도 중환자실 치료는 받고 싶지 않다는 의사가 여전히 확고했다. 하지만 조금 아까웠다. 해야 하는 처치는 다 했는데, 출혈로 인해 극심한 '산증'에 빠져 있는 터라 인공호흡기로 보충해 주는 게 큰 도움이 될 환자였다. 본인이 너무 빠르게 포기한 것처럼 보였다. 보호자들은 참으로 가정적이고 헌신적인 분들이었고 회복될 가능성이 있다면 가급적 적극적인 치료를 바라였다. 나도 의학적으로 벌써 포기하기에는 아깝고 이번 위기에서는 회복될 가능성이 더 크다고 판단해서 환자를 설득했다. 고민 끝에 동의를 얻고 인공호흡기를 적용하고 응급 중환자실로 입원시켰다.

며칠간의 중환자실 치료를 이어 갔고 하루 이틀 회복되는가 했더니, 내가 바랐던 경과와 다르게 장루에서 재출혈이 생겼다. 이제는 봉합이 불가능한 상태였고 환자는 반복되는 출혈로 간성 뇌증(Hepatic encephalopathy)이 생겨서 의식이 없었다. 얼마 뒤 출혈로 인해 콩팥, 간 등의 장기 부전이 진행하면서 임종을 거스를 수 없는 상태가 되었고 가족들 입회하에 임종했다.

　이번에는 우리의 감이 틀렸다. 환자 본인의 의사를 존중하고 의식이 명료할 때 짧게나마 가족들과 시간을 보낼 수 있게 하는 것이 올바른 선택이었을까. 보호자들이 미련 남지 않도록 할 수 있는 최대한의 치료를 해 보고 안 되면 받아들이는 것이 올바른 선택이었을까. 수십 번 기관삽관을 했지만 매번 마음속으로는 과연 잘하는 것인지 고민을 한다.

16. 확률

응급실에서 근무를 해 보니 예상외로 꽤 많은 방문 사유 중 하나가 소아 환자가 머리를 다쳐서 응급실로 오는 것이었다. 날이 좋아 활동하기 좋은 계절의 주말에는 하루에 열 명이나 머리를 부딪혀 어린이 응급실로 내원하기도 한다. 아주 어릴 때는 몸을 가누지 못해 가만히 누워 있으니 스스로는 못 다치지만 유모차 태우다가 혹은 보호자가 안고 있다가 실수로 떨어뜨렸다거나 해서 머리를 부딪히기도 하고, 슬슬 뒤집기를 하는 6개월 정도가 되면 잠깐 한눈판 사이에 침대나 소파에서 떨어져서 다치기도 한다. 12개월이 넘어가고 걷기 시작하면 더 본격적으로 다양하게 다친다.

응급의학과 의사들은 머릿속에 '아니어야 하는 것'을 먼저 걸러 내도록 교육받는다. 소아 환자가 머리를 다쳐서 오면 응급의학과 의사들은 크게 두 개를 먼저 생각한다. 첫 번째는 아동학대가 아니어야 한다. 아동의 발달에 맞지 않는 수상 기전, 예를 들어 스스로 몸을 뒤집지도 못하는 3개월 아기인데 혼자 침대에서 떨어졌다거나, 이번에 다친 것이 아니고 얼마 전에 다친 것 같은 자국들이 귀 뒤, 목, 몸통 등에 같이 존재한다거나, 보호자들이 남의 아이 보듯 시큰둥하고 본인의 귀한 자식이 다친 것 같지 않은 태도를 보이는 경우는 폭행 등의 아동학대가 아닌지 꼭 고민해 봐야 하고, 의심되면 신고를 해야 하는 의무가 있다. 개인적으로는 아동학대 사건을 최초로 발견한 적은 없지만 만약 아동학대로 응급실을 내원한 것이라면 그 순간이 아이가 죽지 않을 마지막 기회일 수 있다.

두 번째는 뇌 손상 가능성이 낮아야 한다. 노인이 미끄러지면서 머리를 땅에 부딪혀서 내원했을 때는 고민할 것도 없이 두부 CT를 촬영해 보면 되지만 소아는 성인과 달라서 고민할 것이 많다. 아직 한창 성장 중인 소아의 뇌는 방사선에 취약해서 불필요하게 CT 방사선에 노출되면 아주 드물지만 추후에 뇌종양이나

응급실 이야기

혈액암이 발생할 위험이 생긴다. 또 CT 촬영하는 그 순간에는 잠깐 몇 초 정도 머리를 움직이지 않아야 하는데 말을 알아들을 수 없는 나이에는 이것도 어렵다. 아이가 얌전해서 곧바로 CT 촬영할 수 있을 것 같았는데 하필 찍는 순간에 움직여서 다시 돌아오는 경우에는 방사선에 두 번 노출되어야 하는 것도 문제라서 우리가 수면 내시경 검진받을 때처럼 아이를 약간 재워서 진행한다. 보통은 먹는 진정제를 먼저 시도해 보는데 이게 맛이 없기도 하고 진정 효과도 많이 크진 않아서 잘 안 자는 경우도 빈번하다. 다음 수단은 주사를 통해 진정제를 투여하는 것이다. 가장 확실한 방법이지만 주사를 무서워하고 몸부림치는 아이들한테 수액 라인을 한 번 잡으려 하면 의료진도, 아이도, 그것을 보고 있는 마음 아픈 보호자도 모두 고역이다. 머리를 다쳐서 왔는데 주사 때문에 환아를 잡고 있는 희한한 상황이다. 환자가 끊임없이 새로 몰려오는 주말 낮 응급실에 이러고 있으면 다른 환자의 처치가 늦어지기도 하니 의료자원도 낭비되고 불필요한 비용도 발생하는 것도 문제다.

이는 우리나라뿐 아니라 세계적인 고민거리였었고 2009년에 〈Lancet〉이라는 유명 저널에 패러다임을 바꿀만한 연구가 게 재되었다. 미국에서 두부 손상으로 CT를 촬영한 4만 명 이상의 소아를 리뷰해 보니 아주 경미한 출혈 등 가벼운 뇌 손상 환자는 376명으로 전체의 0.9% 수준이었다. 머리 안에 출혈이 있다니 말은 무섭지만 더 위중한 것을 많이 보는 신경외과 선생님들은 '머리에 감기 걸렸네'라고 대수롭지 않게 생각하기도 하니 너무 무서워하진 말자. 이 중 수술을 받아야 할 정도의 중증 뇌 손상 환아는 60명으로 전체의 0.1%였다. 한국에서 희귀병을 정의할 때 1만 명당 4명 정도 빈도(0.04%)로 생기는 질환을 희귀병이라고 하니 거의 비슷한 희귀한 수준 아니겠는가. 즉 99.1%의 환아가 CT 촬영이 굳이 필요하지 않았다. 이에 가벼운 뇌 손상이라도 발견되었던 환아의 모습을 분석해서 공통점을 찾아냈고 'CT가 굳이 필요하지 않은' 가이드라인을 제시해 주었으며 이후로 10년이 넘는 기간 동안 대부분의 선진국을 포함한 다른 나라의 응급실에서도 적용하며 그 유용성이 입증되었다. 이제 워낙에 통용되다 보니 환아의 연령(개월), 수상 부위(이마, 뒤통수 등), 얼마나 충격이 큰 손상인가(0.9m 이상에서의 추락) 등 몇 가지 기준을 가지고 계산기(https://www.mdcalc.com/calc/589/pecarn-pediatric-head-injury-trauma-algorithm)에 입력하면 뇌 손상의 위험도가 몇 퍼센트인지 곧바로 확인된다. 결과는 3가지로 분류된다. 뇌 손상 가능성 4% 이상의 고위험 환자군, 0.02~0.05% 미만의 저위험 환자군 그리고 0.9%의 중간위험 환자군이다. 다시 한번 정리하면 위험할 수 있는 환아에게 검사를 하지 말자는 것이 아니라 충분히 안전하게 지켜볼 수 있는 환아에게 CT를 촬영해서 해를 입히지 말아라는 것이 취지다. 고위험 환자군은 당연히 검사를 해 봐야 하고 저위험 환자군은 지켜보다가 아이가 처지거나 자꾸 토하거나 안 좋아지는 것 같으면 그때 다시 내원해서 검사해 보면 된다. 늘 그렇듯 문제는 회색지역에 놓여 있는 중간위험군이다. 앞서 언급했듯 이 구역에 놓인 환아들도 실제로 손상이 있을 확률은 0.9%로 100명 중에 한 명이 있을까 말까 한 수준이다. 우리가 살면서 100명 중에 1등을 몇 번이나 해 봤는지 생각해 보면 당첨되기 쉽지 않은 일이다. 다쳐서 온 아이는 제대로 된 생각을 할 수 있는 연령이 아니니 보통 별생각 없이 잘 놀고 있지만 그래도 의사 입장에서는 가급적 CT를 확인하고 귀가하는 것이 마음 편하다. 그래서 보통은 앞서 서술한 '미국 4만 명 환아, 0.9%, 방사선, 뇌종양이나 혈액암 위험성…' 등 구구절절한 내용을 다 알려 주고 가급적 CT 촬영을 권하고 결정은 보호자가 하도록 한다. 합리적인 사고를 할 수 있고 매사에 아주 걱정 많은 보호자가 아니면 보통은 검사 없이 지켜보다가 귀가하기를 바라는 경우가 많다.

　몇 년 전, 다쳐서 온 환자를 유난히 더 열심히 진료했던, 열정적이었던 응급의학과 동료를 거쳐 간 환아 이야기다. 18개월 정도가 되면 계단을 혼자 오르기도 하는데, 2살이 약간 되지 않은 아이가 몇 계단 위에서 넘어져 머리를 부딪혀 응급실로 내원했다. 이마와 얼굴 부위에 다친 자국이 있었지만 비교적 위험한 부위인 뒤통수나 옆통수가 부어 있지는 않았고, 만져 보았을 때 머리뼈 골절이 의심되는 부위도 없었고, 무엇보다 수상 기전에 비해서 아이 상태가 무척 괜찮아서 잘 놀고 아파하지 않았다. 확률상 뇌 손상이 있을 가능성은 0.9%였다. 이를 설명하고 보호자와 논의하여 응급실에서 몇 시간 지켜본 뒤에 CT 촬영은 하지 않고 귀가해서 지켜보다가 다른 문제가 생기면 다시 방문하기로 했다. 그리고 다음 날 아침에 아이는 심장이 멎은 채로 발견되어 인근 병원으로 이송되었지만 사망했다. 의사들이 평생 경험하고 싶지 않아 하는 가장 끔찍한 순간이지만 일어나고 말았다. 보호자는 민형사상 고소를 진행했고 응급의학과 동료는 오랜 시간 이 일에 시달린 후에 1심에서 무죄 판결을 받았다.

보호자 입장에서는 전날 응급실까지 갔는데 의료진이 더 강하게 CT 촬영해 보자고 권하지 않은 것이 불만일 수도 있고, 응급실에서 밤새도록 지켜봐 줬으면 더 좋지 않았을까 생각할 수도 있고, 애초에 제대로 진료받은 게 맞는지 납득이 안 갈 수 있을 것이다. 아이가 사망한 것은 무척 당황스럽고 마음 아픈 일이지만 논리적으로도 의학적으로도 진료과정에 있어서는 문제가 없었다. 보호자는 안타깝게도 하필 아이가 계단 높이 올라갔던 순간에 자녀에 대한 주의 의무를 다하지 못했고(보호자를 탓하는 것이 절대 아니고 사고는 찰나의 순간 일어난다), 의료진은 적절한 평가를 하고 세계적으로 통용되는 권고사항에 따라 0.9%의 확률에 대한 설명을 했고, CT를 권했으며, 보호자는 CT를 진행하지 않기로 합리적인 결정을 했다. 잘 노는 아이를 응급실에서 밤새도록 관찰해야 한다는 세계적인 권고사항은 존재하지 않는다. 하지만 일어나면 안 되는 일이 일어났고 예측할 수 없는 일이었다.

의사는 확률 싸움을 하고 그에 대한 적절한 설명과 의학적인 조언을 해 주는 사람들이다. 특히나 응급의학과 의사들은 대학병원 외래 진료와 다르게 '갑자기' 발생한 응급할 수 있는 문제에 대해서 짧은 시간, 제한된 정보로만 판단을 내려야 한다. 하지만 예상하든 예상하지 못했든 누군가에게는 바라지 않았던 일이 일어나기도 한다. 그럴 때마다 법적인 분쟁이 일어나면 필수 의료가 유지될 수가 없다. 문제를 제기하는 환자들은 아주 극소수긴 하지만 한번 연루되면 법적 다툼이 마무리될 때까지 몇 년간 고통스러우니 응급의학과, 소아청소년과, 산부인과 등 우리나라의 필수의료를 지켜내던 의사들이 열정을 잃어 가고 점점 방어적으로 변한다. 그러다 이대 목동 병원 신생아 중환자실 사건(소아청소년과 교수님은 최종적으로 무죄 판결을 받았다)처럼 사회적인 이슈가 되는 사건이 크게 터지면 새로운 인력들이 지원하지 않는 악순환이 생긴다. 아직은 낭만과 열정을 가지고 겨우 버텨 내는 의사들이 남아 있지만 필수 의료를 지켜 나가다가 피할 수 없었거나 예측할 수 없었던 중차대한 문제에 대해서는 국가에서 충분히 보호해 줘야 지속 가능할 것 같다. 시간이 많이 남지 않았다.

응급실 이야기

17. 택시 기사 사건

　중년의 택시 기사는 오전 운행이 끝나고 점심 식사를 든든히 하고 나왔다. 거의 곧바로 손님을 태웠는데 대낮에 보기 힘든 장거리 손님이었다. 100km가 넘는 거리를 달려서 한 번화가에 도착했다. 이제 거의 도착했다는 안내를 했는데 승객은 중얼중얼하더니 갑자기 돌변해서 칼을 꺼냈다. 그러고는 휘두르기 시작했다. 택시 기사는 좁은 차 안에서 힘들게 저항했다. 여기저기 상처를 입어 가면서도 번화가에서 많은 사람에게 해를 입힐 수 없다는 생각이었을까, 택시는 한 가로수를 들이받고 멈추었다. 승객은 도주하려 했다. 하지만 여기는 유동인구가 많은 지역이었고 도움을 주러 왔던 선량한 시민들은 이 승객이 칼을 들고 있음을 인지했으며 도주하지 못하게 차 문을 막고 경찰에 신고했다. 이내 경찰이 도착해서 승객은 체포되었고 택시 기사는 심장이 멎은 채로 발견되어 우리 병원 응급실로 실려 왔다.

추락 등의 큰 충격으로 인한 외상인 둔상으로 발생한 심정지는 소생이 거의 불가능하지만, 칼에 찔린 자상으로 인한 심정지는 의외로 소생이 가능한 경우가 있다. 심정지의 경우 119에서 수용 가능한지 문의가 올 때 현장의 아주 자세한 상황까지는 알기가 어려운데, 이번에도 '50, 60대로 보이는 남자 환자가 자상으로 인한 심정지가 발생했다.' 정도만 확인하고 최대한 빠르게 수용하기로 한 터였다. 하지만 막상 심폐소생실에서 마주한 환자의 모습은 너무 처참했다. 숨길을 확보하기가 어려웠는데 앞쪽 목의 정상 구조가 모두 망가져 있고 지지해 줄 구조물이 남아 있지 않아 앞쪽 목을 절개해서 접근하는 '윤상 갑상 절개술(Crico-thyroidotomy)'은 오히려 더 어려웠고, 혈액과 토사물을 걷어 내고 입을 통해서 몇 번의 시도 끝에서야 기관삽관을 할 수 있었다. 망가진 목을 재건하는 것은 추후 생각하더라도 우선 멈추어 버린 심장이 돌아와야 하는데 30분 이상 애써 보아도 전혀 생명의 반응이 없었다.

응급실 이야기

숙연하게 처치가 종료되었다. 상처 부위나 개수에서 당시의 상황이 그려지면서 가해자의 악의가 느껴졌다. 아직 소화되지 않고 위장 가득했던 음식물에서는 하필 오늘 이런 일이 일어날지 모르고 바로 직전까지 치열하게 살아가던 고인의 삶이 그려졌다.

얼마 뒤에 뉴스 기사로 가해자에 대한 소식을 들을 수 있었다. 체포되었을 당시에도 횡설수설했다고 알고 있었는데 '조현병' 병력이 있는 사람이었다. 조현병은 예전에 정신분열병으로 불렸던 질환인데 망상에 사로잡히거나 환상 등을 보기도 하고 사고체계가 와해되는 질환이다. 어릴 적 동네에 지리멸렬하고 청결하지 못하게 돌아다니던 사람이 꼭 한 명 있었을 텐데 이들은 높은 확률로 조현병 환자다. 이들은 병이 진행하면 현실과 망상, 환상 등을 구분하지 못해서 범죄를 저지르기도 한다. 문제는 스스로 도움을 구하고 정신과로 찾아오는 우울증, 불안장애 등의 환자와 다르게 조현병 환자들은 스스로가 잘못되었다는 인식을 거의 하지 못해서 애초에 스스로 병원을 찾아오지 않는다. 약을 잘 먹으면 일부 조절될 수 있지만 부작용이 많아서 먹다가 관두는 경우도 있고, 약 먹으니 다 나은 것 같아서 자의로 중단하는 경우도 심심치 않게 본다. 가해자는 약을 잘 먹었는지는 잘 모르겠지만 법원에 조현병에 의한 심신 미약 상태임을 주장했다. 다행스럽게도 받아들여지지 않아 2심 현재 징역 30년 판결이 난 상태다.

2019년 경남 진주에서 한 조현병 환자가 아파트에 방화를 했고, 대피하는 주민들에게 흉기를 휘둘러 5명이 사망하고 17명이 부상을 당하는 일이 있었다. 이자는 2010년 행인들과 가벼운 다툼이 있다가 흉기로 상대방의 얼굴을 긋는 피해를 입혔다. 조현병에 의한 심신미약 상태가 인정되어 3년간 정신병원에 입원했었다. 2019년에도 지나가는 행인을 망치로 위협하고 폭행해서 불구속 기소되는 일도 있었다. 2019년 더 이상 조절되지 않는 상태에 이르렀는지 한 해 내도록 아파트 같은 층의 무고한 시민들에게 경범죄를 저질렀지만 국가에서 적극적으로 개입하지 않았고 결국 사달이 나버렸다. 무고한 여러 명의 희생자가 생기고 나서야 무기징역이 확정되었다.

산업재해에서 적용되는 말이긴 하지만 하인리히의 1:29:300의

법칙이 있다. 1건의 대형 참사가 일어나기 전까지 같은 일로 29건의 경미한 부상이 있었고, 상해까지 일으키지 않은 무상해 사고 300건이 있었다는 말이다. 안타깝게도 정신질환자에 의한 사고에도 적용되는 것 같다. 예방 가능했던 대형 참사가 진주의 사건이나 이번 택시 기사 사건처럼 꾸준히 일어나고 있다. 여러 경고음도 계속 발생하고 있지만 적절히 대처되지 못하고 있다. 범죄자를 심신미약 상태라고 감형을 시켜 주는 것이 옳은지도 잘 모르겠다. 정신병에 의한 심신미약 상태라도 본인이 그 지경에 이르기까지 잘 치료받지 않았다면 절대다수의 무고한 사람들을 위해 사회에서 충분히 격리되어야 한다. 나는 이들의 삶보다 무고했던 여러 명의 피해자들의 삶이 훨씬 고귀했고 값어치 있었다 생각한다. 무고한 피해자들을 마주하다 보면 이 생각이 점점 굳어진다.

18. 피할 수 없는 사고

2023년은 묻지마 범죄가 많았던 한 해였다. 이 사건들은 우리나라를 매우 떠들썩하게 만들었던 일들이었지만 누군가에게는 떠올리고 싶지 않은, 잊고 싶은 기억일 수 있기에 피해자가 잘 특정되지는 않도록 간략하게만 글을 남기려 한다.

후배가 봤던 환자다. 대낮에 칼에 맞은 젊은 남성이 심정지가 생겼으니 수용할 수 있겠냐는 119 문의가 왔다. 근처에서 아주 가끔 외국인들끼리 칼부림이 일어나기도 했기에 비슷한 일이 생겼나 생각하고 수용하기로 했다. 전화를 끊자마자 심정지 환자를 맞을 준비도 할 새 없이 곧바로 119가 들이닥쳤다. 워낙에 우리 병원 근처에서 생긴 일이었고, 심정지 상태니 급하게 근거리 병원으로 이송하며 병원 입구까지 거의 도착한 상태에서 확인 차 한 전화였던 것이다. 외상으로 인한 심정지 환자는 전혀 희망이 없는 경우가 많지만 출혈을 우선 해결할 수 있으면 극적으로 살아나기도 한다. 하지만 환자의 모습은 너무 처참했다. 상반신에 멀쩡한 곳이 없었다. 심폐소생술을 하며 수상 부위를 확인하기 위해 잠깐 몸을 돌렸는데 왼쪽 등에 아주 깊은 상흔이 있었고, 그곳으로 세숫대야에 받아 둔 물을 하수구로 부어 버리듯 피가 쏟아져 나왔다. 이 정도 출혈은 대동맥이 찢어져야 생길 수 있을 터였다. 대동맥 문제로 심정지가 생기면 소생이 불가능하다. 젊은 사람이었지만 전혀 가망이 없어 무기력하게 사망 선언을 할 수밖에 없었다.

오후 여섯 시 반, 근무 교대시간의 응급실은 상당히 혼잡했다. 인수인계를 하고 퇴근할 준비를 하는데 다급한 응급실 방송이 나왔다.

"CPR 환자 입실합니다!!"

　칼에 찔린 여성이 신고되었는데 우리 병원으로 이송해도 되겠
냐는 119 문의가 있어서 수용하기로 했었고, 그 환자가 병원 도
착 바로 직전에 심정지가 발생한 것이었다. 대형 병원이라도 갑
자기 심정지 환자가 발생하면 참 혼란스럽다. 그래도 교대시간
이니 인력이 많은 시간이라 처치할 사람이 충분해서 나는 심폐
소생실에서 빠져나왔다. 남은 일을 조금 정리하려는데 마침 다
른 여성이 한 명 더 이송되어 왔다. 한 번에 중증 외상 환자 두 명
이 올 것이라는 연락은 받지 못했고 대부분의 인력이 첫 번째
심정지 환자에게 집중되어 있었다. 퇴근을 미루고 두 번째 환자
는 내가 잠깐 보기로 했다. 이 여성은 우측 등허리 부위를 칼에
찔렸었다. 통증을 심하게 호소했지만 혈압이나 맥박은 경계 수
준으로 유지되고 있었다. 일차적으로 초음파로 장기 손상 범위
를 확인했다. 폐가 손상받은 것은 없었고 복강 안으로 피가 나서
고여 있는 모습도 없었다. 간도 크게 찢어지진 않아 보였다. 손
상 초기의 응급 평가이기 때문에 시간을 가지고 다시 봐야 한다.
정황상 초음파에 안 보이는 손상이 있을 가능성이 매우 높아서
수혈을 하며 지혈제를 사용했다. 이 환자는 혈압과 맥박이 버텨

쳐서 손상 정도를 파악하기 위해 CT를 촬영할 시간이 있었다.

문제는 당연히 심폐소생 중인 첫 번째 환자였다. 이 환자는 우측 복부를 칼에 크게 찔렸었다. 젊은 사람이고 다치고 나서 꽤 버티고 있다가 병원 앞에서 심정지가 생긴 것이라 출혈을 빠르게 해결하면 살 수 있었다. 해결 불가능한 손상이었으면 현장에서 사망했을 것이다. 심장에서 대동맥을 타고 나온 혈액이 복강 내의 손상이 생긴 부위로 그대로 새어 나가 심정지가 생겼다면 어떻게 해결할까? 손상받은 부위로 혈액이 빠져나가지 않도록 하면 된다. 사타구니의 동맥으로 카테터를 집어넣어서 명치 위 대동맥까지 올린 후에 풍선을 부풀려서 배로 피가 가지 않도록 한다. REBOA(Resuscitative endovascular balloon occlusion)라고 한다. 심폐소생술을 하면서 응급의학과 교수님이 그 시술을 해냈고 풍선을 부풀리자마자 심장이 다시 뛰기 시작했다. 풍선을 꽂아 둔 채로 외과 전문의 두세 명이 곧바로 수술방으로 끌고 올라가서 수술을 시작했다.

두 번째 여성은 곧 진행된 CT상에 약간의 간 열상이 있었고 다행스럽게도 당장 수술이 필요한 정도는 아니었다. 지켜보다가 혈압이 불안정하면 출혈 부위를 틀어막는 시술로 버티면 되었다. 하지만 우리 병원 외과 인력이 모두 수술에 투입되어서 적절한 관리가 어렵다고 판단해 다른 안전한 병원으로 전원을 보냈다. 큰 문제 없이 회복했을 것이라 생각한다.

첫 번째 여성은 꽤 힘든 시간을 보냈다. 첫날의 응급한 지혈 수술을 하고 며칠 뒤에 이 차 수술까지 시행했다. 큰일을 겪었지만 다행스럽게도 잘 회복했고 심정지로 인한 뇌 손상 등 머리의 후유증도 전혀 없이 깨끗하게 살아나 걸어서 퇴원했다.

첫 번째 사건의 가해자가 체포되기 직전 자포자기하고 경찰과 대치하는 중에 촬영된 동영상이 유포되었는데 "그냥 X 같아서… 여태까지 내가 잘못 살았는데, 열심히 살라 했는데 안 되더라고. 그냥 X 같아서 죽였습니다."라는 말을 했다. 우울증에 의한 심신미약을 주장했지만 받아들여지지 않았고, 조사 결과 젊은 남성들에게 열등감을 가진 사이코패스로 진단되었다.

두 번째 사건의 가해자는 대인기피증으로 여러 번 정신건강의학과를 다녔던 게 확인되었는데 조현병은 아니고 인격장애를 진단받았던 적 있었다. 이자는 스토킹 당하고 있다는 망상으로 인한 살인이라고 주장하고 있지만 아직 판결이 진행 중이다. 2023년의 여러 사건들의 모방 범죄일 가능성도 있고 조현병이 시작되고 있을 수도 있겠다.

이미 진단받은 조현병 등으로 현실과 환상, 망상을 구분하지 못하는 사람들, 즉 현실 검증력 저하된 사람으로 인해 일어나는 범죄는 미리 약물로 관리하거나 위험성이 많이 높은 경우에는 보호의무자 동의하에 보호 병동에 입원도 시키는 등 어느 정도 예방 가능할 수 있다. 하지만 이 사건들처럼 중차대한 정신질환을 진단받지 않았던 사람들이 갑자기 회까닥해서 예측 불가능한 사건을 일으키기도 한다. 이슈가 된 시기에는 잠깐 추모가 이어지고 논의도 이루어지지만 그때뿐인 것 같다. 한 번 범죄가 일어난 후에 장시간 격리되는 게 최선일까. 해결이 너무나 어려운 문제일 것 같지만 진척이 없으니 희생된 피해자들만 안타까울 뿐이다.

19. 치료받을 권리 (2)

　요즘은 세계적으로 흥행 중인 드라마는 넷플릭스로 쉽게 찾아볼 수 있게 되어 해외 드라마에 무뎌지기도 했고 우리나라도 그러한 드라마를 만들어 낼 수 있는 시대가 되었지만 15년에서 20년 전의 내 또래에게 미국 드라마는 아주 충격적이었다. 〈프리즌 브레이크〉의 스토리나 몰입도, 액션도 좋았고 〈프렌즈〉를 보고 있으면 괜히 미국인의 삶을 들여다보는 것 같기도 했다. 그중에서도 나에게는 의과대학에 합격하고 나서 의사가 된다는 낭만을 가지고 봤던 〈그레이 아나토미〉나 〈닥터 하우스〉등의 메디컬 드라마가 가장 재밌었다. 예과생이 된 이후에도 새 시즌이 방영되면 방학 때 찾아서 몰아 보기도 했었다.

〈닥터 하우스〉 시즌6 에피소드 4에서는 윤리적인 문제를 다루었었다. 아프리카에서 학살을 일삼은 독재자가 미국에 방문했다가 토혈을 하며 쓰러져서 드라마의 배경이 되는 병원으로 내원했다. 정부에서 초청받고 방문했다가 갑자기 문제가 생긴 환자니 잘 살려 내야 한다는 의견과 잘 살려 내면 다시 귀국해서 학살을 이어 나갈 테니 살려 내면 안 된다는 의견이 갈리면서 이야기가 진행되었던 에피소드였다. 범죄자는 치료받지 못해야 할까 같이 생각해 보기도 했었다. 이 이야기만큼 거대한 윤리적인 문제는 아니지만 최근 나에게도 고민되는 환자가 한 명 있었다.

새벽에 만취 상태로 인사불성인 젊은 남성이 칼에 찔려 피를 흘리며 경찰과 함께 응급실로 내원했다. 우측 등 부위에 칼에 찔린 상처가 있었고 손과 발에도 피가 묻어 있었다. 경찰의 말에 따르면 남성 본인이 칼에 찔렸다고 신고하여 현장으로 출동했다고 한다. 그런데 현장에 가 보니 다른 여성 한 명도 칼에 찔려 다량의 피를 흘린 상태로 쓰러져 있었다. 여성은 심정지 상태여서 119를 통해 가장 가까운 병원으로 심폐소생술을 하며 이송되었다. 가해자와 피해자가 같은 공간에 있으면 보호자들끼리 이

차적으로 다툼이 일어나며 문제가 될 수 있으니 남성은 우리 병원으로 데리고 온 것이었다. 경찰이 남성의 진술에 따라 파악한 바는 다음과 같았다. 처음 만난 두 남녀가 술집에서 술을 마시다가 자리를 옮기기로 하고 2차로 술을 사 들고 여성의 집으로 향했다. 어떤 이유인지 여성의 집에서 다툼이 있었다. 여성이 먼저 남성의 등을 칼로 찔렀고 남성은 이에 대한 방어로 칼을 빼앗아 휘둘렀다. 그리고 여성은 심각한 상해를 입어 심정지에 이르렀다.

남성의 상해는 아주 심각하진 않았다. 손발에 피가 묻어 있던 것을 닦아 내 보았더니 손, 발에 상처가 있는 것이 아니라 다른 데서 묻은 것으로 추정되었다. 우측 등 부위는 CT를 확인해 보니 갈비뼈 사이를 찔리며 폐가 손상되어 기흉이 생겼고, 직접적으로 찔린 폐에는 경미하게 1cm 정도의 베인 자국이 있었다. 갈비뼈 사이의 혈관이나 대동맥 등 중요한 혈관이 다친 것은 없었다. 기흉은 폐와 갈비 뼈 사이 공간인 '흉막'으로 공기가 새어나가서 공간을 차지하게 되면서 그 공간만큼 폐가 완전히 펴지지 못하고 오그라들어 있으니 호흡곤란을 일으키는 질환이다. 기흉 양이 너무 많으면 폐가 완전히 오그라들고 압력이 걸리면서 심장이 눌려 위험할 수 있지만 처치는 간단하다. 그 상황이 되기 전에 흉막에서 공기를 빼낼 수 있는 관인 '흉관'을 넣어서 경과를 본다. 재발성 기흉이 아니라 첫 번째 생긴 기흉이라면 대부분의 경우 적절한 시점에 흉관을 제거하면 된다. 이 환자의 경우 흉부외과에 연락하여 등 봉합을 진행하고 기흉에 대해서는 흉관을 하나 넣었다.

오후가 되니 환자는 술에서 깼다. 매우 격앙된 모습을 보이거나 폭력적인 사람일 것이라 생각했는데 예상과 다르게 아주 조용하고 차분했다. 흉관이 들어간 부위나 칼에 찔린 부위가 아프니 진통제 좀 달라는 요구도 하지 않았다. 평범한 외모에 약간 마른 체형. 누구나 주위에 한 명쯤 있을 듯한 보통 사람으로 보였다. 보호자 또한 이 일은 전혀 예상하지 못했다고 하며 살면서 문제 일으킨 적이 단 한 번도 없어 당황스럽다고 했다. 심지어 타인에게 위해를 가해서 응급실을 방문했으니 정신과 선생님과 면담을 진행했는데 면담 시에도 아주 협조적이고 차분해서 정신과에서도 지금 또 타인을 해할 가능성은 없으니 정신과 폐쇄 병동에 격리될 환자도 아니라 판단했다.

흉관에서는 계속 공기가 새어 나오고 있었다. 약간 베인 폐에서 흉막으로 공기가 아직 누출되고 있다는 말이다. 폐가 다친 부분은 크지 않아서 수술할 정도는 당연히 아니었기 때문에 누출되는 부위에 새 살이 차올라 아물면 해결이 될 것이었다. 의학적으로는 흉부외과적으로 며칠 입원해서 경과 관찰하다가 공기 누출이 없는 시점에 흉관을 제거하고 퇴원하면 되었는데 문제가 된 건 법적인 문제 혹은 사회적인 문제였다. 사건의 정확한 경위는 알 수 없지만 상대 여성이 최근 이슈가 되었던 정유정이나 고유정과 같은 사회 부적응자라 정말로 갑자기 먼저 상해를 입힌 것일 수도 있고, 원치 않는 성 접촉에 대해 방어하려다가 만든 상처였을 수도 있다. 하지만 이 남성은 어떤 이유에서든지 상대방에게 우리나라 법으로 인정되는 정당방위를 넘어서는 정도의 해를 입혀서 심정지를 일으켰으니 지금으로써는 미필적 고의의 여부를 떠나 최소 상해죄가 적용되는 범죄자였고 타 병원으로 이송된 환자가 만약 사망했다면 상해치사까지 적용될 범죄자였다. 이런 범죄자가 입원하게 되면 경찰이 옆에서 24시간 상주를 하는데 대학병원 5인실 병실에 범죄자가 입원했다면 같은 병실을 쓰는 환자들이 받아들일 수 있겠는가. 1인실 혹은 양보를 많이 하면 2인실까지는 입원할 수 있겠지만 우리 병원 1인실은 1주일 대기를 해도 배정 안 되는 경우도 있고, 2인실도 우선 5인실에 입원해서 며칠 대기해야만 겨우 확보될 정도로 병실 사정이 좋지 않은 병원이다. 당장 입원할 수 있는 병실도 없고 현실적으로 며칠 기다린다 해도 1인실이나 2인실이 확보되진 않을 것이고 흉부외과 질환에 대해서 관리가 가능한 병원이 거의 없어 전원도 현실적으로 어려우니 흉부외과 입장에서는 갑갑했을 것이다. 응급실에서 몇 시간 더 지켜보았는데 흉관에서는 계속 공기가 누출되었다. 흉관을 제거할 상태가 아니었다. 이때 흉부외과에서는 최후의 수단 중 하나를 선택했다. 흉막으로 공기가 새어 나오니 흉막을 약물로 붙여 버리는 '흉막 유착술'을 한다는 것이었다. 흉관 등의 보존적 치료로 해결되지 않는 기흉이 여러 차례 재발했다거나 흉막에 암으로 인한 흉수가 계속 차올라서 생활이 불가능한 말기 암 환자에게 최후의 수단으로 사용하는 치료다. 불필요하게 흉막을 굳혀 버리면 통증이나 호흡곤란이나 다른 합병증이 생길 수 있다. 이 환자는 아주 젊었고 다른 질병이 있는 게 아니라 폐가 칼에 약간 찢어져서 생긴 기흉이니 며칠 흉관 관리하면 해결이 될 가능성이 아주 높은 환자인데 첫날에 흉막 유착을 해 버리는 것은 너무 과한 치료였다.

법으로 보장하는 환자의 권리 중 하나로 모든 환자는 적절한 보건 의료 서비스를 받고 성별, 나이, 종교, 신분, 경제적 사정 등을 이유로 이를 침해받으면 안 된다는 내용이 있다. 범죄자가 아니어서 빠르게 입원이 가능했거나 전원이 가능했다면 하지 않을 치료였다. 하지만 흉부외과에서 선택을 한 것이니 그대로 치료 받도록 두고 두 시간 뒤에 퇴근하면 앞으로 내가 평생 마주할 일 없는 환자이기도 했다. 그래도 젊은 환자가 더 치료를 받아 보지 못하고 벌써 폐를 굳힌 상태로 사는 건 다시 생각해 봐도 받아들이기 어려웠다. 한 시간 동안 근처 병원 응급실로 대여섯 통의 전화를 돌리며 사정을 했다. 솔직하게 말했다. 범죄자다. 폐 자상과 기흉으로 며칠 흉관 관리하며 보는 게 우선 되는 환자인데 우리 병원에서는 여러 사정으로 흉막 유착을 하려 한다. 범죄자라도 안타까워서 그런다. 젊은 사람이니 더 나은 치료를 받을 수 있게 부디 전원 수용을 해 달라.

감사하게도 한 곳에서 사정을 듣고 수용하겠다는 회신을 주었다. 이후의 절차는 금방 진행되었다. 회신을 받고 한 시간도 채 되지 않아 해당 병원으로 전원을 보낼 수 있었다. 이후에 어떤 치료를 받았는지, 결국 흉관으로 해결이 안 되어 수술이나 유착술을 받았는지는 나도 알 수 없다. 그 병원에서 얼마간 치료받았고 퇴원 후 구속 기소된 것만 뉴스로 확인했다. 우리 병원 응급실에서 흉막 유착을 받고 며칠간 체류하더라도 내가 다시 담당하지 않을, 나랑은 관계가 없는 환자였지만 그날 더 나은 방법으로 치료받을 기회를 만들어 준 것은 올바른 결정이었던 것 같다. 나는 법적인 판단은 우리보다 훨씬 전문적인 분들이 잘해 줄 것이라 믿으며, 의사는 의사의 소임대로 선입견 없이 환자를 잘 치료해 내면 된다고 여전히 생각한다.

20. 누가 어디까지 책임질까

그 70세 남자 환자는 참 골치 아픈 사람이었다. 이미 말기까지 진행한 조현병으로 정신이 완전히 와해되어 인간다운 의식을 유지하지 못하여 몇 년 전부터 일상생활이 전혀 불가능했다. 인간의 기능을 잃어버린 노인이니 다른 문제도 많았다. 당뇨도 조절이 안되고 콩팥 기능도 거의 없어 면역력이 아주 낮아서 발에 반복적으로 감염도 생기고 퍼지다 보니 1년 전에는 왼쪽 무릎 아래쪽으로는 절단 수술도 받았다. 몇 달간 혈액투석을 받기도 했다. 대화 불가능한 상태로 누워서만 지내다 보니 자주 사레가 들면서 폐렴이 여러 번 재발하여 중환자실 치료도 반복하다가 결국 숨길을 유지하는 기관절개 튜브를 목 앞에 유치하고 지냈다. 상급 종합병원에서는 급성기 치료가 끝나면 요양병원이나 더 작은 규모의 병원으로 전원을 가야 한다. 그래야만 다른 위중한 환자들이 입원하고 치료받을 수 있다. 이 환자는 요양병원에 지내는 게 제일 낫고 여의치 않으면 집에서 돌보다가 임종하는 게 적절했다. 하지만 보호자가 아주 큰 문제였다. 평생 결혼한 적도 없었던 이 환자에게는 60대 후반 독신 여동생이 유일한 법적 보호자였다. 환자가 의식이 없으니 보호자를 통해서 모든 결정이 진행되는데 요양병원으로의 전원도 거부하고 집으로의 퇴원도 거부했다. 아주 악질적이라 환자를 방치한 채 잠적하는 일도 많았고 가끔 나타날 때는 아주 요구사항도 많고 까다로운 사람이었다. 대학병원에서의 치료가 필요하지는 않은데도 워낙에 비협조적이니 수소문해서 약간 규모가 작은 대학병원을 연계해 줬는데 그조차 가기를 거부했다. 매우 장기간의 법적인 절차를 거쳐서 약 반년 가까이 내과 병실을 축내고 있다가 겨우 퇴원시켰던 환자다. 그랬던 환자가 퇴원 후 며칠 만에 심정지로 응급실을 내원했다.

여러 차례 반복된 폐렴으로 폐가 안 좋아서 가래는 자꾸 나오는데 스스로 가래를 뱉어 내지는 못하니 목에 기관 절개 튜브를 유지하고 이곳으로 가래를 배출하고 숨도 쉬는 사람이다. 그런데 가래가 너무 많이 나온다고 보호자가 휴지 뭉치를 여기에 박아 넣어 숨을 쉬지 못한 것이 심정지의 원인이었다. 더 쉽게 생각하면 건강한 사람에게 코와 입을 막아 질식시킨 것과 동일하다. 휴지를 넣고 나니 이내 환자가 꺽꺽거리고 숨을 잘 못 쉬어서 금방 또 119에 신고는 했고 119에서 빠르게 대처하고 이송도 빠르게 해 버렸으니 환자는 심폐소생술 약 8분 만에 심장이 돌아왔다. 가뜩이나 의식도 없고 다리도 하나 없이 누워 지내는 무의미한 삶인데 심정지에서 또 회복해 버렸고 이미 활동을 하지 못하는 뇌에 한 번 더 충격이 가해졌다. 갑갑했다. 보호자는 이 와중에 다시 잠적할 준비를 하고 있었다. 자리를 비우는 시간이 점점 늘어났다. 내과에서는 지난 입원 시 워낙에 문제가 많았던 환자라서 입원 불가하다 했다. 아니나 다를까 다음 날 보호자는 도망을 갔고 환자는 워낙에 안 좋았던 콩팥에 심정지로 인한 충격이 한 번 더 가면서 투석이 다시 필요한 상태가 되었다. 어쩔 수 없이 응급의학과 응급 중환자실로 입원해서 투석과 심정지 이후 치료를 했다.

3일간의 무의미한 치료가 끝나고 일반 병실로 전동을 보내야

응급실 이야기

하는데 보호자는 역시나 잠적을 해 버려 연락이 되지 않았다. 환자는 기초수급자라서 '의료급여 1종'으로 분류가 되어 실질적인 병원비 부담이 거의 없고 대부분의 병원비를 국가 재정으로 감당하는 사람이었는데, 극히 미미한 정도의 본인 부담도 이전에 지급하지 않았고 병원 재단에서 제공해 주는 취약자를 위한 지원 한도도 이미 지난 입원 시에 다 써 버린 상태였다. 이런 사람에게 간병인을 붙여 주기 위해서는 추가로 재정이 소모되는데 그렇다고 혼자 있을 수는 없으니 방법이 없었다. 일반 병실에서 얼마간 투석을 하고 나서는 콩팥은 또 어떻게 회복이 되어서 별다른 치료가 더 필요하진 않았다.

아까운 응급 병실 하나를 아무런 의미 없이 축내며 체류가 지속되었다. 의사 한 명이나 응급의학과 수준에서 해결 방법을 모색할 사람이 아니고 병원 차원에서 해결이 필요했다. 법무팀을 포함한 여러 위원회에서 논의가 이루어졌다. 보호자가 정말 악질적인 사람이었다. 본인이 보호의무자의 자격을 차라리 포기해 버리면 어떻게 이 굴레에서 스스로 벗어날 수 있을 텐데 그것도 거부했고 주민센터에서 뭐라도 지원해 줄까 해서 방문하면 여기에다가 소금 뿌리며 쫓아내 버린 적도 있었다. 병원에서 방문간

호를 해 주겠다 해도 거부했다. 이 보호자를 정상으로 만드는 건 불가능했고 다른 법적 보호의무자가 전무하니 이 사람의 보호자 자격을 박탈하는 계획을 세웠다. 차라리 보호자가 없는 사람이 되어 버리면 국가 기관이 보호자가 되거나, 더 잘 관리받고 지원을 받을 수 있는 시설로 연계하는 과정이 훨씬 수월할 것 같다는 판단이었다. 보호자는 그럴 의도가 아니었다고 하지만 이번에 일어난 사건만 객관적으로 보면 환자를 질식시켜 심정지에 이르게 한 사건이었다. 보호자로서 주의의무를 위반해서 과실치사 혐의가 적용될 수도 있었다. 그리고 그동안 여러 의료인이 남겨둔 기록이나 잠적하여 연락이 되지 않는 등 적절한 부양 의무를 지키지 않은 노인 학대 가해자 혹은 장애인 학대 가해자로 볼 수도 있었다. 이런저런 혐의가 실제로 적용되어 구속이 되면 보호의무자의 자격을 박탈할 수 있다. 우리 병원에서도 이렇게까지 해 본 적은 없었고 판례도 잘 알 수가 없어서 이러한 계획을 세운 채 여러 절차가 진행되었다. 환자는 대학병원에서 치료를 해야 하는 문제는 전혀 없이 병상 하나를 잡아먹으며 약 8개월을 체류했다. 생각보다 우리가 계획한 절차는 진행이 느렸다. 이 보호자는 전화기를 꺼 두고 잠적하기 일쑤였고 거주지를 여기저기 옮겨 다니기도 했다. 경찰에서도 고생이 많았다. 여러 번 위치 추

응급실 이야기

적까지 하며 겨우 진행되다가 최종적으로는 계획대로 구속 수감되었다. 이에 보호의무자의 자격을 박탈하는 절차를 밟고 환자를 요양병원으로 전원 보냈다. 이후로 반년 정도 지난 지금 시점까지 응급실을 방문하지 않았으니 아마 요양병원에서 사망했거나 겨우겨우 존재하고 있을 가능성이 많겠다.

이 환자는 살아 있어야 했을까? 모든 와상 환자의 삶이 의미 없진 않다. 의식 없이 눈 맞춤도 되지 않고 엉덩이에는 욕창이 패어 있고 콧줄로 미음이나 영양식 정도 연명하면서 기관절개 튜브를 통해 숨을 쉬는, 인간다운 삶을 영위하지 못하는 환자에게 애틋함을 가지고 최대한 돌봐 가면서 천천히 이별할 마음의 준비를 하는 보호자들도 상당히 많다. 그래도 살아서 옆에서 숨을 쉬고 존재를 한다는 것과 사망해서 세상에서 없어져 버렸다는 것은 다른 차원의 문제이기도 하니까. 하지만 이 환자는 어땠을까. 정말로 죽지 못해 살아 있는 사람이었고 보호자도 적절한 반응을 보이지 않았다. 그러면서 우리 병원에 1년 반 가까이 체류했다. 우리 병원에는 입원해야 하는데 병실이 없어서 입원하지 못하고 2~3일씩 응급실에서 대기하는 환자들이 하루 평균 30

명이 넘는다. 심지어 그들 중 일부는 누워 있을 수 있는 침대조차 배정받지 못하고 24시간 이상 꼬박 앉아 있거나 의자 두 개에 쪼그려 누워 있기도 한다. 응급실 환자 한 명이 넉넉잡아서 1주일 입원을 한다고 가정해도 70명 이상이 입원해서 편하게 치료받을 공간을 쓸데없이 차지했다. 실제로는 결국 병실이 나지 않고 응급실에서 2~3일 만에 호전되어서 퇴원하는 경우도 매우 많으니 이런 환자들까지 생각한다면 100명 넘는 중증 환자에게 민폐를 끼친 이기적인 존재였다. 심지어 이 존재는 의료 급여 1종 환자여서 이 기간 동안 상급병원에서의 본인의 실제 부담비는 거의 없이 모두 세금으로 처리되었으니 납세자 전체에 민폐를 끼쳤고 간병비나 기저귀 등 소소한 용품들은 병원에 손실이 되었다. 다양한 사람들에게 이런 다양한 폐를 끼친 이 자를 어떻게든 최선을 다해 살려 두는 게 적절할까. 우리나라 법이 바뀌기 어려울 것 같지만 언젠가는 범사회적인 논의가 이루어져야 할 것이다.

21. 어떻게 죽을 것인가 (1)

　매일 늙어 가며 죽음에 하루씩 더 가까워지는 우리 인간들은 '어떻게 죽을지'에 대해서 평소에 잘 생각해 두지 않으면 죽음에 이르는 마라톤을 존엄하고 평온하게 완주하지 못하는 경우가 생긴다. 본인의 의식이 명료할 때는 차라리 낫지만, 치매나 다른 질병으로 인해 스스로 완주하지 못하고 들것에 실려서 결승점을 통과하게 되는 사람들의 마지막 몇 걸음은 들것을 들고 있는 가족, 자녀 등 다른 사람이 결정하게 된다. 그러면 '어떻게 죽을지'에 대해서 고민하는 것은 이 사람들에게 위임된다. 대부분은 어느 정도 미리 마음의 준비와 합의를 하고 있지만 일부 그렇지 못한 사람들이 가끔 있다.

한 노인이 숨 쉬기 힘들어하고 의식이 떨어진다고 신고되어 119를 통해 내원했다. 비쩍 말랐고 의식은 거의 없고 대화는 불가능했다. 처음 내원했을 때는 산소 수치도 낮고 혈압도 정상보다 꽤 낮았다. 딸이 같이 내원했다. 치매가 심해서 대화는 불가능하게 된 지 꽤 오래되었고 몇 달 전부터는 집에서도 거동하지 않고 누워서만 지냈다고 했다. 죽 같은 걸 떠먹여 주면 그래도 먹긴 했었는데 2~3주 정도 전부터는 곡기를 끊은 듯 전혀 먹지도 않고 물도 안 마시고 점차 더 수척해졌다고 했다. 그러다가 오늘은 숨소리도 이상하고 반응이 더 떨어지는 것 같았다고 했다.

"왜 더 빨리 안 오고 몇 주나 지켜보고 이제 왔나요?"

"사실 돌아가시려나 보다 생각하고 집에서 임종하려 하다가 갑자기 안 좋아지니 어떡할지 몰라서 무서워서 119 신고해서 왔어요."

집에서 임종을 지켜보려면 무서울 수 있다. 안 먹은 지 오래되었고 몸도 말라 있는 것을 보면 탈수가 극심할 것이고 이것 때문에 콩팥을 포함한 여러 장기 부전이 진행했을 것이었다. 염분 문

응급실 이야기

제나 요독 문제 등으로 의식이 떨어질 것 같으니 수액 맞으며 혈액검사 등을 진행하겠다고 설명했다. 치료를 하면 오늘 당장 돌아가실 정도는 아닐 것 같아서 기본적인 처치와 평가 이후에 단기간 입원해서 안정화하고 요양병원으로 전원 가서 임종하는 방향이 가장 합리적임을 설명했다.

그런데 보호자는 모든 처치를 거부했다. 산소 수치가 낮아서 산소를 적용해야 하는데 이것조차 거부했다. 환자가 무의미하게 치료를 이어 나가게 되는 걸 유보해 주십사 하는 태도는 아니고 약간은 격앙된 모습으로 환자를 건들지 못하게 하며 많은 의료진을 불편하게 했다. 시간을 쪼개서 몇 번 면담을 더 했는데도 검사는 차차하고 수액도 극구 거부했다. 병원에 온 이상 산소를 공급해 줘야 하는 환자에게 산소를 끊게 하는 건 법적으로 보호자가 선택할 수 있는 연명의료의 범위가 아니기에 산소마스크는 쓰고 있도록 통보했다. 아들을 포함한 자녀들이 곧 도착할 예정이니 추후에 다시 면담하기로 했다.

같이 있는 보호자의 남편, 환자의 사위가 먼저 내원했다. 지금까지 있던 일을 한 번 더 설명해 달라고 했다. 게다가 무례한 태도였다. 사위는 법적으로 의사결정할 수 있는 자격이 없고 이미 다른 보호자에게 충분히 설명해 두었으니 면담하지 않겠노라 통보했다. 바쁘고 혼잡스러운 응급실에서 환자는 아무 처치도 받지 못하고 침상 하나를 낭비하고 산소만 마시며 한참 누워 있었다. 서울대학교 병원을 포함한 상급 종합병원 응급실은 살아날 의지가 있는 위중한 사람을 살려 내는 곳이지 치료 의사가 없는 환자에게 하염없이 공간을 제공하고 의료진이 불필요하게 보호자와 계속 면담해야 하는 곳이 아니다. 의료진이 신경 써 줘야 하는 촌각을 다투는 환자들이 아주 많다. 불쾌했다. 한 시간쯤 지났나 아들 두 명이 도착했다. 여태껏 설명했던 내용을 다시 한 번 설명했다. 아들 둘과 딸은 조금 더 논의해 보더니 여전히 수액 등의 처치나 혈액검사, X ray 등 모든 검사를 거부하고 퇴원을 요구했다.

이젠 20년이나 된 일이지만 2004년 보라매 병원 사건이 의료계를 뒤흔들어 놓았다. 간략하게 정리하면 뇌 수술 이후 인공호흡기를 유지하고 있던 환자의 배우자가 극구 퇴원을 요구했고, 퇴원하면 무조건 사망함을 며칠에 걸쳐서 여러 번 설명했지만 설득되지 않아 어쩔 수 없이 '의학적 권고에 반하는 퇴원'으로 귀가 서약서를 작성하고 퇴원했다. 환자는 귀가하자 5분 만에 사망했다. 다른 가족이 뒤늦게 나타나 소송을 제기했고 몇 년간의 법적 다툼 이후에 담당 전공의와 전문의에게 살인죄의 종범으로 판결이 났었던 사건이다.

예를 들어 장기간 암으로 고통받던 환자가 더 이상 치료가 불가능한 상태가 되어 인간다움을 유지하고 존엄한 마무리를 위해 호스피스를 대기하던 중에 악화되어 응급실로 내원을 했고 본인도 가족도 집에서의 편안한 임종을 바란다면 '가망 없는 퇴원' 처리를 하고 존중해 드리는 것은 문제가 되지 않는다. 하지만 이 환자의 경우 우리 병원이든 다른 병원이든 다닌 것도 없고 특별한 검사를 한 것도 없으니 이러한 말기 환자라고 진단할 근거가 없었다. 시골의 작은 응급실에는 오늘 같은 일이 가끔 생기기도 하지만 서울대학교 병원 응급실에서 이렇게 안 좋은 노인 환자의 가족이 필요한 기본적인 혈액검사나 수액조차 거부하는 일은 10년에 한 번 있을까 말까 한 일이었고, 보호자들의 태도 또한 정상 범주를 벗어난 모습이었으니 만약 환자가 퇴원하고 금방 사망해 버리면 보라매 병원 사건의 당사자가 될 수 있겠다 싶었다.

내 선에서 해결이 불가능한 일이라 응급실 책임 교수님께 상황을 말씀드렸다(응급의료센터에는 당일 응급실에서 일어나는 일에 대한 총책임자가 있다). 교수님이 직접 보호자들과 다시 한번 장시간 면담했는데도 이들은 확고한 모습이었다. 글에 옮기진 않았지만 교수님은 보호자를 존중하는 태도로 면담을 하는데도 그들은 그렇지 않았다. 최종적으로 교수님은 전공의의 의사 면허증을 더럽힐 수 없다며, 직접 자녀 모두에게 자필 서명을 받은 귀가 서약서를 작성하고 '의학적 권고에 반하는 퇴원'으로 귀가시켰다.

환자의 죽음에 이르는 마라톤을 어떻게 마무리할지 잘 생각하지 못했던 이 가족은 다른 필요한 환자에게 더 값지게 사용될 수 있는 응급의학과 의사의 시간을 무의미하게 많이 약탈하고 사라졌다.

22. 어떻게 죽을 것인가 (2)

우리 병원은 암 환자가 워낙 많다 보니 지금 당장 대단히 응급할 것은 없지만 그렇게 오랜 시간이 지나지 않고 사망하게 될 것이 눈에 그려지는 환자들이 있다. 앞선 이야기처럼 기괴한 보호자들이 생기지 않으려면, 즉 얼마 남지 않은 여생을 훨씬 값지고 존엄하게 마무리하려면 어느 정도 준비가 필요하다. 그런 준비를 미리 할 수 있도록 그들의 몸 상태를 자세하게 설명해 주는 것은 외래에서 만나는 유명 교수님들, 더 직관적으로는 환자들이 '주치의'라고 생각하는 분들이 할 일이다. 현실적으로 미어터져 나가는 응급실에서 응급하지 않은 사유로 방문한 암 환자들에게 복잡하게 설명할 시간도 없기도 하고, 나는 그 주치의들처럼 주기적으로 만나는 사람이 아니라 우연히 한 번 응급실에서 스쳐 지나가는 의사이기에 그 관계를 침범하지 않으려는 것도 있다. 하지만 가끔은 오지랖을 부리기도 한다.

74세 말기 폐암 환자가 며칠 전에 소나기를 잠깐 맞고 나서 기력도 없고 기침, 가래가 심해지고 잘 못 먹겠다고 응급실을 방문했다. 기저질환이 많이 있는 환자를 진료할 때는 최근에 촬영한 몇 개의 CT도 미리 확인해서 추세도 비교해 보고, 어떤 치료를 받았는지 어떤 합병증을 경험했었는지 외래 차트도 읽어 보는 등 시간을 꽤 투자해서 파악한 다음에 진료실로 불러 진료를 본다. 이 환자는 암을 진단받은 지는 한 달 정도밖에 되지 않았는데 이미 많이 퍼진 상태에서 확인되었고 이제 막 1차 항암을 시작했었다. 무엇보다 폐암의 위치가 심장의 앞쪽에 걸쳐 있었는데 크기가 매우 컸고 외래 기록에도 이것 때문에 급사할 수 있음을 설명드렸다는 기록도 있었다. 진료실로 불러서 면담을 하는데 꽤나 쇠약해 보였다. 청진기로 들어 봤을 때 심한 폐렴 소리 등 좋지 않은 소리가 들리진 않았다. 기저 질환을 고려해서 혈액검사와 X ray를 진행했다. 혈액검사는 정상이었다. 염증 수치가 올라가 있다거나 항암 이후 면역 수치가 저하되었다거나 탈수가 되어 콩팥이 힘들어하는 문제 등은 없었다. X ray에서 폐렴도 특별히 없었다. 지금 당장에 큰 문제가 있는 것은 아니었다. 항암 효과가 나타나서 암 덩어리가 줄어드는 것을 기다리는 것 말고는 죄송스럽게도 아무것도 해결 가능한 게 없었다. 다만 최근에 암을 진단받은 분이기도 했고 암 위치와 크기가 너무 안 좋아서 환자와 보호자를 불러 얼마 전 촬영한 CT를 보면서 하나하나 짚어 가며 설명드렸다.

"오늘 특별히 문제가 생긴 건 없는데요, 외래에서도 한번 듣긴 하셨을 것 같은데 꼭 알고 계셔야 하는 문제라서 다시 한번 설명드리려 합니다. 제일 큰 문제는 암 덩어리가 여기 심장 바로 옆에 붙어 있는 거예요. 여기서 심장 쪽으로 출혈이 생기면 정말로 급사할 텐데 항암 하면서 크기가 줄어들기를 바라는 것 말고는 해결 가능한 방법이 없습니다. 못 먹는 게 제일 힘들다고 하셨는데 이 큰 덩어리가 주위를 누르다 보니 식도도 압박되면서 잘 안 넘어갈 수도 있어요. 지금은 아예 안 넘어가는 게 아니라서 최대한 잘 드시고 기력을 유지해서 항암을 이어 나가는 게 중요합니다. 좀 이른 감이 있는데 항암에 반응이 없고 계속 커진다면 배에 밥 먹는 호스를 꽂고 생활하시게 될 수도 있습니다…. 심장 옆에 붙어 있는 것 때문에 갑자기 돌아가실 수 있다는 건 꼭 알고, 각오를 하고 치료받으셔야 합니다….”

환자도 보호자도 다 듣고 나니 한번 들어 본 것 같기도 하다 했다. 그리고 자세하게 알려 줘서 고맙고, 그렇게 알고 있겠다고 했다. 폐렴 생기지 말라고 항생제를 그리고 최대한 잘 드시고 기력 유지하라고 식욕촉진제 등을 처방해 드렸다. 2주 뒤 예정된 2차 항암 날 외래로 오시되 혹시나 힘들면 동네 의원에서 수액이라도 한 번씩 맞으시라고 소견서도 챙겨 드렸다.

2차 항암이 예정되어 있던 날, 잘 치료받기를 바라면서 외래 차트를 열어 보았다.

'2023.12.04 임종하셨다는 연락을 보호자에게 받아 항암 중단함'

내가 이 환자와 가족에게는 마지막으로 만난 의사였다. 거스를 수 없는 일이 예상보다 빠르게 생긴 것이었지만 씁쓸했다. 충분한 마음의 준비를 하셨기를. 그리고 내 마지막 설명들이 도움이 되었기를.

하루는 80대 후반의 여자 환자가 다른 병원에서 전원을 왔다. 약간의 치매가 있긴 해도 큰 질병은 없고 간단한 일상생활은 잘 하시던 분이었는데 갑자기 배가 아파서 동네 응급실을 방문했고, 혈압은 낮고 염증수치는 높고 CT에서는 간에 고름이 크게 있는 듯하다고 패혈증이 의심되니 상급병원으로 보낸 환자였다. 만나 보니 컨디션은 꽤 괜찮아 보였고 대화도 아주 원활하진 않지만 가능했다. 간단하게 검진하고는 가져온 CT를 열어 보았다. 간농양이라면 고름집을 빼내는 배액 시술을 하고 항생제를 쓰면서 경과를 봐야 하는데, 환자의 병변은 일반적인 간농양과는 모습이 꽤 달랐다. 오히려 간암이나 담도암, 담낭암 등의 암 조직과 같은 단단한 덩어리처럼 보였다. 얼마 뒤에 영상의학과에서도 간농양보다는 담도암으로 보인다는 의견을 줬다.

간 내부에는 간에서 걸러 낸 찌꺼기와 소화액이 빠져나가는 담도(Bile duct)가 있다. 나뭇가지처럼 잘게 간 구석구석 뻗어 있고 이것들이 모여서 나무 기둥처럼 생긴 총 간관(Common hepatic duct)으로 모여서 장으로 내려간다. 나뭇가지 부분에서 담도암이 주먹만 하게 생겨서 주위를 압박하니 담즙이 내려가지 못하고 고여서 염증이 생긴 상태였다. 염증이 고인 부분은 빼 주는 게 좋은데 문제는 일반적인 농양과는 다르게 암에 인접해서 발생하는 염증은 배액을 하기가 어렵다. 암 조직이 배액 주머니를 타고 퍼져 나가는 경우도 있고 유착을 일으키기도 해서 한 번 배액관을 넣어 버리면 평생 제거하지 못하고 주머니를 달고 살아야 하는 경우도 생긴다. 치매가 약간 있어도 생활을 잘 하시던 분이라 이번에 사망하기에는 너무 이르다는 생각도 들어서 영상의학과 시술 담당 교수님과 상의를 했다. 하지만 역시나 위의 문제로 득보다는 실이 많아 권하기가 어렵겠다는 의견이었다. 아쉽지만 방법이 없었다. 항생제를 사용하면서 버텨는 보는데 암이 해결이 되지 않을 분이라 패혈증은 계속 생길 것이고 이번 내원이든 다음번 내원이든 머지않아 사망할 것이 그려졌다.

별것 아닐 것이라 생각하고 응급실을 방문했는데 갑자기 암, 사망 이야기가 나오면 보호자는 당황하기도 하고 환자를 더 일찍 잘 챙기지 못했던 것에 자책을 하는 경우도 많다. 계속 항암

중이던 환자라면 응급실에서까지 몸 상태에 대해 자세하게 설명할 이유는 없지만 이렇게 갑작스럽게 큰 병이 발견된 경우에는 응급의학과 의사에게도 어느 정도 책임감이 필요한 것 같다. 나는 보호자들이 자책하지 않도록 하고 합리적인 결정을 하도록 설명해 주는 편이다. 따님에게 이렇게 설명드렸다.

"예상과 다르게 고름집처럼 보였던 게 고름이 아니고, 나쁜 혹, 그러니까 암 조직이 뭉쳐 있어서 그렇게 보였던 것 같습니다. 다시 한번 말씀드리면 담도암입니다."

딸은 고름집인 줄 알고 왔는데 약간 놀란 눈치였다.

"환자가 거의 90살이 다 되어 가는데 그동안 보호자분들이 잘 돌봐 주셨기 때문에 큰 문제 없이 잘 지내셨고, 그렇게 장수하다 보니 알게 된 병입니다. 이렇게 잘 봐 주지 않았으면 벌써 다른 병으로 돌아가셨을 수 있어요."

말을 이어 나갔다.

"수술은 애초에 할 수 있는 부위가 아니기도 하고, 항암 외에는 방법이 없는데 항암치료를 하기에는 워낙에 고령이기도 하고 무엇보다 지금처럼 패혈증이 있는 상태에서는 하지 못합니다. 항암 이후에 면역력이 떨어져서 균에 잡아먹히게 되어요. 문제는 패혈증이 괜히 생긴 게 아니라 암 때문에 담즙이 내려가는 길이 막혀서 생긴 것이라 항생제 쓴다고 완전히는 해결이 안 될 가능성이 많고, 이번 고비는 넘어가더라도 암이 해결이 안 되니까 계속 반복이 됩니다. 이번에 진단받은 것을 계기로 해서 이제 머지않은 시점에 임종하시게 될 겁니다. 해결이 불가능한 문제라서 가족들이랑 앞으로의 치료 방향을 잘 생각하셔야 합니다. 무조건 적극적으로 중환자실 치료까지 하는 것이 정답은 아닙니다."

잠시 후 큰 아드님과 추가로 통화를 해서 동일하게 설명을 드리고 상의할 시간을 가질 수 있게 했다. 가족들은 충분히 상의하고 나서 무의미하고 힘든 연명치료는 진행하지 않고, 최대한 항생제로 버티며 마무리하는 시간을 갖기로 했다.

환자는 응급의학과 응급 병동으로 입원해서 며칠간 주사 항생제와 패혈증 쇼크 치료를 했는데, 경과는 천천히 악화되었고 균 감염이 조절이 되지 않았다. 아마 이번 고비를 극복하지 못할 모양이었다. 가족들은 남은 시간을 집에서 편하게 지켜보고 싶다고 했다. 그리고 입원한 지 5일째에 가망 없는 퇴원(Hopeless discharge) 처리를 하고 집에서 마무리할 시간을 갖도록 배려해 드렸다. 존엄하게 잘 마무리하셨기를.

23. 어떻게 죽을 것인가 (3)

2002년 보라매 병원 사건의 판결 이후에 또 한 번의 중요한 일이 있었다. 2008년 세브란스 병원에 입원해서 폐암에 대한 조직 검사를 받다가 과다출혈로 허혈성 뇌 손상을 입어 식물인간이 된 김 할머니가 계셨다. 식물인간이 되면 회복이 불가능하고 여러 생명을 유지하기 위한 장치에 의존해서 연명을 하며 여생을 보내게 된다. 가족들은 회복이 불가능한 상태로 중환자실에서 연명하고 있는 상태이니 인공호흡기 등의 무의미한 연명치료를 중단하고 존엄하게 사망할 수 있게 해 달라는 소송을 제기했고 2009년 대법원에서 이를 허용하면서 일종의 존엄사를 인정하는 계기가 되었다. 이후 2016년 연명의료에 관한 법률이 국회에서 통과되어 2018년부터 시행되었다. 추후 임종 단계에 놓이게 된다면 무의미한 치료를 이어 나가지 않게 해 달라는 의향을 정신이 명료할 때 본인이 직접 밝혀 두는 '사전 연명의료 의향서'를 작성해 둔다면 삶과 죽음의 기로에 놓였을 때 그 의사를 존중해 드릴 수 있다. 고통스럽지 않게 밤에 주무시다가 평온하게 돌아가시는 호상이 제일 낫다 생각하는 분들이 모인 노인회관에서 이것이 유행했었을까, 주민센터나 보건소에서 방문해서 설명을 드려서 그럴까, 그런데 정말로 많이들 사전 연명의료 의향서를 작성해 두셨다. 우리 병원 전산에는 사전 연명의료 의향서를 어디선가 작성해 둔 환자들은 조그맣게 표시가 나는데 별 질환 없는 분인데도 반짝반짝 불이 들어온 경우가 꽤나 많다. 나는 연명의료 이야기를 안 했는데, 그냥 산소 이야기만 했는데도 본인들에게 낯선 일이니 "연명의료는 안 할 겁니다!"라고 먼저 발끈하는 분도 있어서 "할머니 아직 연명의료 이야기할 단계가 아니고 그냥 산소 며칠 하면서 치료하면 낫습니다." 다시 설명해 주면 머쓱해하며 그러겠다 하는 경우도 더러 있었다. 인공호흡기가 필요해서 준비를 하는데 이게 연명의료가 될 수 있는 걸 설명하다 보면 '연명'이라는 단어가 귀에 들어오는 순간 "연명의료는 안 한다!"라며 '연명의료'에 대한 무한한 적대감을 갖고 계신 분도 가끔 만났다. 아무튼 현장에서는 무의미하게 모든 걸 다 해 달라는 환자들보다는 이렇게 연명의료는 하지 않고 존엄하게 마무리하려는 분들이 훨씬 많이 계신다. 그리고 그 마지막이 될지도 모르는 순간이 막상 닥치면 두렵기도 할 텐데 마음이 계속 확고하신 분들은 경외롭기까지 하다.

70대 남자 환자가 호흡곤란으로 응급실을 내원했다. 예전에 담배를 많이 펴서 폐기종(Empysema)이 아주 심해서 집에 있을 때도 산소가 필요한 분이었다. 약간의 폐렴이 생겼는데 워낙에 안 좋은 폐가 폐렴으로 인해 자극을 받아 오그라들어 공기 순환에 문제가 생기는 '성 폐쇄성 폐 질환의 급성 악화(Acute exacerbation of chronic obstructive pulmonary disease)' 상태였다. 공기 순환에 문제가 생기면 몸에 꼭 필요한 산소가 부족해지기도 하고(저산소증, Hypoxemia) 나쁜 공기인 이산화탄소가 쌓이기도 한다(과탄산혈증, Hypercapnia). 급성 악화를 풀어 주는 약제와 호흡기 치료를 이어 나가면서 저산소증이 생겼으면 산소를 공급해 주고 과탄산혈증이 생겼으면 이산화탄소를 뺄 수 있는 치료를 한다. 특히 과탄산혈증은 심해지면 의식이 혼미해지는데

호흡곤란을 호소하는 환자들이 의식이 떨어지면 숨 쉬는 기능이 크게 저하되면서 순식간에 사망할 수 있다. 때문에 여러 방법으로 잘 안되면 인공호흡기를 적용해서 해결해 주는 수밖에 없다. 이 환자는 저산소증과 과탄산혈증이 같이 있었다. 집에서도 산소를 써야 할 정도로 멀쩡한 폐가 얼마 남아 있지 않은 분이니 이런 분들은 인공호흡기를 적용하는 게 능사는 아니다. 잘 버텨 내고 회복해 봤자 평소 수준이거나 약간 그에 못 미치는 수준일 텐데, 그러지도 못하고 중환자실 치료나 인공호흡기의 다양한 합병증으로 힘들게 임종하는 분들도 많기 때문이다. 환자는 숨이 많이 찼을 텐데 참 침착했다. 보호자로는 할머니가 있었다. 상황을 설명드렸는데 두 분은 어떤 일이 있어도 연명의료는 안 하기로 이전부터 이야기했으니 이번에도 연명의료의 시작일 수 있는 인공호흡기는 하지 않겠다고 하셨다. 존중해 드렸다.

과탄산혈증이 꽤 심했는데 인공호흡기를 하지 않고 빼는 치료는 두 개가 있다. 결국은 호흡을 크고 길게 하는 것이 쟁점인데 첫 번째는 비침습적 환기(Non invasive ventilation, NIV)라는 마스크를 쓰고 적용하는 준인공호흡기가 있고, 두 번째는 페트병에 큰 빨대를 꽂아 열심히 길게 불게 하는 방법이다. 숨을 길게 쉬면 질병의 병태를 이겨 내는 데도 생리적으로 도움이 되고 호흡이 길어지니 이산화탄소가 빠져나가는 데 도움이 된다. 할아버지는 NIV 마스크에는 잘 적응하지 못하고 오히려 더 불편해해서 차선의 수단으로 고유량 비강 케뉼라(High flow nasal cannula)라는 산소 콧줄을 통해 다량의 공기를 불어넣어 주고 열심히 빨대를 불면서 버티도록 했다.

중환자실은 꽉 차서 자리가 없는데 일반 병실에서 볼 환자는 아니어서 당일에는 응급실에서 체류하면서 지켜보기로 했다. 갑자기 이산화탄소가 쌓이면 앞서 언급했듯 의식이 떨어지며 갑자기 사망하기 때문에 수시로 혈액검사를 추적했다. 호흡기 치료와 이런저런 치료를 같이 하면서 4시간 뒤에는 이산화탄소 수치가 약간 떨어져서 한시름 놓았나 싶었는데, 새벽 즈음 시행한 세 번째 검사에서 이산화탄소가 다시 많이 쌓여 버렸다. 환자도 이 탓인지 약간 졸려 하기 시작했다. 이제 정말 위험했는데 그럼에도 인공호흡기를 하지 않겠다는 의지는 확고하셨다. 정신 차리고 숨 크게 쉬고 빨대 열심히 불도록 독려하는 것 말고는 해 줄 것이 없었다.

응급실 이야기

새벽에 수시로 왔다 갔다 하면서 지켜봤다. 갈 때마다 할머니는 정신 차리고 빨대 불어라고 계속 옆에서 말을 걸었고, 조금 자려고 하는 것 같으면 두드려서 깨우는 등 적극적으로 도와주셨다. 보호자가 하는 말보다는 흰 가운 입은 의사가 하는 말은 더 잘 들으니 나도 괜히 잔소리를 몇 번 하기도 했다. 그렇게 두 노인은 뜬 눈으로 밤을 새웠고 아침에 확인한 혈액검사에서는 이산화탄소 수치가 상당히 호전되었다. 호전된 덕분인지 환자는 새벽보다 훨씬 명료했고 편하게 웃고 계셨다. 이렇게 두 분은 죽음의 고비를 강한 의지로 잘 넘기고 입원했다. 입원 준비를 하면서 새벽에 잘 봐줘서 감사하다며 군고구마를 사 오셨다. 다이어트 중이라 간식 잘 안 먹는데 고구마는 양질의 탄수화물인데다가 두 분의 성의를 마다할 수가 없어서 오랜만에 잘 먹고 퇴근했다.

한 번은 76세 여자 환자가 응급실로 전원을 왔다. 특별한 질환은 없이 꽤 건강하던 분이었는데 2주 전에 호흡곤란으로 우리 병원 응급실을 내원했었고 바이러스 폐렴에 의한 극심한 호흡 부전으로 응급 중환자실에서 1주일 정도 경과를 보다가 잘 이겨 내서 응급 병동에서 추가로 1주일 정도 경과를 더 봤었다. 컨디션이 다 회복되진 못했지만 산소도 거의 다 끊은 상태까지 나아져서 근처 병원에서 단기간 더 입원해서 지켜보다가 퇴원하시라고 전원을 보냈던 환자였다. 그랬던 환자가 전원 간 지 하루 만에 호흡곤란이 다시 극심해져서 다시 내원한 것이다. X ray를 확인해 보니 양쪽 폐가 완전히 하얗게 안 좋게 변해 있었다. 전원 갔던 병원도 내가 개인적으로 아는 호흡기 내과 교수님이 봐주기로 한 곳이었었고 병원에서 수액을 많이 줬다는 등 뭔가를 잘못해서 이럴 수는 없었다. CT를 확인해 보니 바이러스 폐렴의 재활성화였다. 예를 들어 코로나 바이러스를 앓고 나서 1~2주 있다가 갑자기 열나고 숨 쉬기가 힘들어 검사해 보니 코로나 바이러스 재활성화로 인한 폐렴이 확인되는 경우가 있는데 그것과 비슷한 상태였다. 그런데 이번에는 첫 번째 내원 때 보다 훨씬 심했다. 바이러스가 재활성화되면서 폐 전체적으로 손상을 주는 급성 호흡곤란 증후군(Acute respiratory distress syndrome)이 동반되어 산소가 아주 많이 필요한 상태였다. 이 할머니도 사전 연명의료 의향서를 작성해 둔 분이셨고 지난 중환자실 치료 때도 그렇고 이번에도 그렇고 인공호흡기 등의 연명치료는 절대 안 하려는 의사가 확고했다. 잘 맞는 사람에게는 인공호흡기의

응급실 이야기

80~90%까지도 효과를 내주는 고유량 비강 캐뉼라를 끝까지 끌어다 쓰면서 겨우 버티면서도 확고했다. 이 정도의 호흡곤란 증후군은 통계적으로 50%가 사망하는데 이 환자도 얼마 못 버티고 사망할 것 같았다. 아드님이 계셨는데 인공호흡기 달고 며칠 더 버텨 보자고 울면서 설득해 보셨지만 너무 단호해서 거스를 수 없었다. 급성 호흡곤란 증후군에 대해 고용량의 스테로이드를 사용하면서 다시 응급 중환자실로 입원했다.

스테로이드가 치료가 효과가 있었는지 4~5일에 거쳐서 나아져서 고유량 비강 캐뉼라도 거의 다 줄인 상태까지 호전되다가 또다시 한번 안 좋아지기 시작했다. 이젠 정말로 인공호흡기를 적용하고 며칠 정도는 산소 공급을 도와주는 체외순환 기계인 에크모(Extracorporeal membrane oxygenation, VV ECMO)를 해야 할 것 같았다. 하지만 환자는 이번에도 연명의료는 절대 하지 않겠다고 확고했다. 지금 고비를 넘기고 어쩌면 회복될 수 있으니 연명의료가 아닐 수 있다고 했는데도, 그럼 못 넘길 수 있으니 연명의료일 수 있다고 해서 할 말이 없었다. 왜 그렇게 확고하시냐 물어보았는데 본인은 연명의료에 관한 법률이 나왔다는 뉴스가 나오자마자 찾아가서 거의 1호로 등록한 사람이고 어떻게 죽을지 생각해 두었고 힘들게 죽고 싶진 않다고 했다. 소신이 그렇기에 목에 칼이 들어와도 안 된다 했다. 아드님과 면회를 시켜 드렸다. 이번에도 아드님은 울면서 제발 며칠이라도 좀 하시라고 했지만 역시나 설득하지 못하셨다. 생이별 같았으리라. 환자는 면회 중에도 "저놈이 나 의식 없어지고 나서 인공호흡기랑 이것저것 해 달라고 해도 절대 그러면 안 된다."라고 의료진과 아드님에게 단호하게 말씀하셨다. 할머니는 이렇게 이틀 정도 더 버티시다가 3일째 아침부터는 의식도 점차 희미해지고 혈압도 낮아지기 시작하더니 저녁이 되어 존엄하게 임종하셨다.

24. 예측할 수 없는 죽음

우리 병원 응급실을 방문하는 사람들의 70% 정도는 퇴원하고 30% 정도는 입원을 하거나 전원 가서 타 병원에 입원을 한다. 사망하는 사람은 전체의 1~2% 정도인데 이들도 대부분은 질병으로 인해 더 이상 거스를 수 없는 상태라 충분히 면담하고 응급실에서 임종을 대기하던 환자들이거나 이미 외부에서 심정지 상태로 발견되어 이송이 된 환자다. 하지만 아주 드물게 이런 심정지 환자 중에는 충분히 안전하게 귀가할 수 있다 판단해서 퇴원했는데 심장이 멎어 다시 들어오게 된 환자들이 가끔 섞여 있어 우리를 섬찟하게 할 때가 있다.

70대 남자 환자가 아파트 단지에서 추락하여 심정지로 발견 되었다. 보호자가 방문을 열고 들어가 보았더니 창문이 열려 있고 환자는 화단에 추락해 피 흘리고 널브러져 있는 모습을 발견해서 신고했다. 해외 일부 국가에서는 날카로운 손상에 의한 심정지가 아닌 추락, 교통사고 등의 둔상(Blunt trauma)으로 인한 심정지 상태로 발견된 경우에는 현장에서 사망처리를 하기도 한다. 칼에 찔린 것 등의 자상은 해당 부분을 해결하면 소생할 수도 있지만 둔상에 의한 심정지는 여러 장기들이 이미 큰 손상을 받아 심장까지 멎을 상태가 된 것이기 때문에 하나만 해결한다고 해결이 안 되어 병원에 온다고 해도 대부분 살릴 수 없기 때문이다. 그리고 얼마 만에 발견되어서 가슴압박을 시작했는지도 아주 중요한데 이런 둔상에 의한 심정지는 구조대가 환자를 '구조'하는데 이미 시간이 상당 시간 소요되는 문제도 있다. 똑같이 심정지로 내원했다고 하더라도 출근시간 지하철(공공장소)에서 갑자기 쓰러져(목격된 심정지) 시민들이 가슴압박을 하며(목격자 심폐소생술) 신고하였고 전기 충격도 들어가서(Shockable rhythm) 내원한 환자와 둔상으로 심장이 완전히 무수축(Asystole) 상태로 발견되고 구조된(목격되지 않음, 목격자 심폐소생술 없음) 환자는 전혀 다른 환자다. 심정지로 내원해서

응급실 이야기

살아나는 환자는 전체의 10% 수준밖에 되질 않지만 그래도 전자는 잘 생존할 확률이 높고 후자는 거의 가망이 없으며 소생하더라도 식물인간 또는 뇌사 상태가 된다. 하지만 우리나라에서는 현장에서 119가 상황을 종료할 권한이 없기 때문에 병원으로 이송한다.

119에서 심정지 환자를 병원으로 이송할 때는 자세한 상황을 파악할 여유도 없고 설명할 시간도 없으니 간략한 정보만 제공하고 최대한 근거리 병원으로 이송한다. '70대 추정 Fall down(추락)으로 인한 심정지'라는 정보만 갖고 우리 병원에서 수용하기로 했다. 환자는 처참한 모습으로 내원했다. 추락한 높이가 10층 이상으로 매우 높았고 추락한 시간을 알 수 없으니 심장이 멎은 시간이 짧지 않았을 가능성이 많았다. 이렇게 심정지 환자가 내원하면 곧바로 인적 사항을 파악하기 어려운 경우도 많고 보호자가 뒤늦게 도착하는 경우도 많아서 우선 '무명남(無名男)'으로 차트를 접수해서 기록 남기고 처방을 한 다음에 추후에 차트를 이전하기도 한다. 이 환자도 119가 먼저 현장에서 처치를 하고 내원했기 때문에 보호자는 뒤따라오는 상태여서 '무명남'으로 심폐소생술을 시작했다. 이렇게 정황상 소생할 가능성이 없는 수상 기전에다가 현장 혈액검사(Blood gas analysis)에서는 이미 시간이 꽤 흘러간 듯 몸이 극도로 산성화되어 있었고 머리를 만져 보았을 때 해결 불가능한 두개골 골절이 있어 이미 뇌 손상도 상당했을 것이라 판단했다. 의미 없는 심폐소생술이라 짧은 시간에 종료하고 사망 선언했다. 이후 보호자가 도착하고 환자 인적 사항이 파악되어 이전 차트를 확인할 수 있었다. 내가 3일 전에 퇴원시킨 환자였다.

이 환자는 폐암이 있지만 말기도 아니고 잘 조절되는 상태였고 응급실은 암과는 별개로 갑자기 소변을 못 본다고 내원했었다. 정상인은 소변이 100~150ml 정도 쌓이면 소변이 찼다는 느낌을 받고 250ml 정도 쌓이면 요의를 강하게 느낀다. 350ml 이상이 되면 못 참겠다는 느낌을 받는다. 소변줄을 넣으니 소변이 700ml 이상이 나왔다. 전립선 비대증이 워낙 심했던 환자였는데 이 때문에 소변을 잘 못 보다가 어느 선을 넘어서 방광이 늘어나 퍼져 버리며 방광에 일종의 번아웃(Burn out)이 와서 소변보는 힘을 완전히 잃어버리는 급성 요 폐색(Acute urinary retention)이 생긴 것이었다. 이런 상태에 놓이게 되면 방광이 푹 쉬고 힘을 회복할 때까지 시간이 꽤 걸리기 때문에 약을 먹으며 1~2주

가량 소변줄을 가지고 생활하다가 이후 다시 힘이 회복되면 제거하면 된다. 환자는 이로 인해 콩팥 손상 등 다른 문제가 동반된 상태는 아니어서 의학적으로는 대단한 문제는 아닌 경증환자였다. 환자의 성격이 참 불같고 괄괄해서 예전에 여러 의료진을 힘들게 했던 기록이 있었지만 내원 일 나오는 문제없었고 본인의 상황에 대해 잘 이해하고 응급실에서도 다른 소란 없이 소변줄을 가지고 귀가했었다. 문제는 귀가하고 나서였다. 보호자 말에 따르면 소변줄을 가지고 며칠 생활하는 것에 대해 짜증도 많아지고 우울해하기도 했단다. 그러다가 제 화를 못 이기고 아파트 10층에서 뛰어내린 것이었다. 급성 요폐로 내원한 환자가 얼마 뒤 자살하는 것은 예측할 수도 예방할 수도 없는 일이었다. 그동안 여러 사람에게 향했던 공격적 성향이 본인에게 향했을 뿐이었다.

하루는 70대 후반의 남자 환자가 아침에 일어났더니 반응이 없는 듯하다고 119에 신고되었고 현장에 도착해 보니 심정지가 인지되어 문의가 왔다. 이번에는 환자가 전날 배가 불편하다는 이야기를 했다는 추가 정보를 주었다. 수용하기로 했는데 현장에서 병원까지 이송하는데 시간이 꽤 시간이 소요되었다. 사람이 사망하고 나서 시간이 지나면 더 이상 혈액이 순환되지 않아 중력이 걸리는 부위로 피가 쏠리면서 '시반'이 형성되고 사후 강직이 시작된다. 병원에서 심폐소생술을 할 때는 가슴압박을 하며 여러 약을 사용하면서 입을 통해서 인공호흡기 튜브를 넣는데 이미 사후 강직이 시작되어 입이 전혀 벌어지지 않았다. 사망한 지 최소 한 시간은 경과해야 하는 정도의 강직이라서 무의미한 심폐소생술은 중단했고, 병원이 아니라 이미 집에서 사망한 것이라 '사망 진단서'가 아닌 '시체 검안서'를 발부하기로 했다. 그런데 이 환자는 내 동기가 새벽 두 시쯤 응급실에서 퇴원시켰던 환자였다.

예전에 장 수술을 받았던 환자였고 낮에 죽을 먹고 나서 저녁부터 구역질 나고 아랫배가 불편하고 설사가 난다고 밤늦은 시간에 응급실로 내원했었다. 죽에서 약간 쉰내가 났는데 그냥 괜찮겠거니 생각하고 먹었다는 이야기도 했다. 이전에 배 수술했던 환자는 장폐색이 생겼는지를 확인한다. X ray에서 장폐색의 모습은 전혀 없었다. 심지어 폐색이 생기면 장이 꼬여서 가스가 대장으로 내려오지 않으니 방귀가 나오지 않는다. 환자는 응급실 있는 동안에도 화장실을 다녀오고 가스도 잘 나왔다. 모든 혈액검사도 '정상'이었다. 항생제를 써야 하는 극심한 장염을 시사하는 염증수치도 상승하지 않았고, 원인을 떠나 환자 상태가 안좋을 때에 몸이 산성화되면서 거의 유일한 지표가 되기도 하는 '산성화 수치'도 정상이었다. 또한 복부 증상으로 내원한 환자는 배를 만졌을 때 아픈지가 중요한데 타이레놀 주사약 정도에도 복통이 상당히 호전되어 퇴원하기 전에 배를 다시 만져 보았을 때 별로 아파하지 않았다. 뭔가 안 좋은 게 있으면 타이레놀 주사약 따위로는 듣지를 않아 거의 대부분 복통이 지속되는데 말이다. 그렇게 잘 걸어 나갔던 사람이 6시간 만에 시신이 되어 다시 방문했다.

병원에 내원했던 사람이 이렇게 짧은 시간에 사망하려면 중요한 혈관 문제 외에는 잘 설명되지 않는데 심폐소생술을 종료하고 나서 초음파로 대동맥을 확인했을 때 대동맥이 찢어지는 대동맥 박리(Aortic dissection)는 전혀 없었다. 약간의 복수가 보여서 주사기로 뽑아서 양상을 확인했는데 그냥 특별하지 않은 복수였다. 복수에서 선혈이 보이거나 심하게 곪은 양상이 아니었기 때문에 복부 대동맥류 파열(Abdominal aneurysm rupture)

로 급사를 했거나 대단한 균 감염이 있는 것도 아니었다. 혈액 검사와 X ray가 '정상'이었고 고작 타이레놀 주사에 호전될 가벼운 불편감을 호소한 사람이 혈관 문제가 아닌 감염이나 발견되지 않은 장폐색 등의 문제로는 6시간 만에 사망하는 건 불가능하다. 감염이나 폐색으로 사망하려 해도 훨씬 더 오랜 시간에 거쳐서 천천히 악화되다가 사망한다. 원인을 알 수가 없었다. 그리고 내가 당시에 봤어도 퇴원시키지 않을 이유가 없었다. 여러 교수님들도 동일한 의견이었다. 새벽에 CT를 촬영했어도 몇 시간 만에 사망할 환자라면 결과가 달라졌을 것 같지도 않았다. 충분히 합리적인 수준으로 진료를 했지만 유감스럽게도 전혀 예측할 수 없는, 피할 수 없는 죽음이었다.

25. 의료 전달 체계

40대 초반 여자 환자가 인중에 작은 수포가 하나 올라왔다고 새벽 3시에 분당 서울대학교 병원 응급실로 왔다. 통증도 없고 발열이 동반되지 않은 단순한 작은 수포 하나였다. 적절한 치료가 필요한 대상포진도 아니고 수두 등의 전염성 질환도 아니었다. 인중의 포진이 단순 포진 바이러스 때문인지 아니면 비특이적 포진성 병변인지는 나는 관심이 하나도 없고 궁금하지도 않고 알고 싶지도 않다. 전혀 응급하지 않은 일이며 정 많이 궁금하거나 걱정되면 날 밝은 뒤에 동네 피부과 전문의에게 진료를 보면 더 정확하게 알 수 있는 문제였다. 당장 항바이러스제를 먹을 대상포진도 아니고 격리가 필요한 수두도 아니니 필요하면 오전에 동네 피부과 방문해 보라 설명하고 퇴원시켰다. 환자는 아무런 약도 처방해 주지 않은 것에 갸우뚱하면서 무뚝뚝한 응급의학과 의사와 짧게 대화한 비용으로 10만 원을 지불하고 귀가했다.

80대 남자 환자가 손톱 옆이 아프다고 새벽 4시에 서울대학교 병원 응급실에 접수했다. 50대 정도 되는 딸이 모시고 왔다. 손톱 무좀이 있는 사람이었는데 두 번째 손톱의 바깥쪽(Lateral side) 피부가 붉고 약간 부어 있었다. 병변은 4~5mm 정도 크기로 아주 작았다. 무좀이 있으면 피부 균 감염이 잘 생기는데 무좀으로 인해 손톱 옆 피부에 가벼운 감염이 생긴 손발톱 주위염(Paronychia)이었고 전혀 심하지 않았다. 이런 질환은 새벽에 응급실로 방문할 일이 아니다. 그래도 꼭 진료 보고 싶으면 작은 지역응급의료기관에 방문할 일이지 서울대학교 병원과 같은 상급 병원 응급실을 이렇게 이용하면 안 된다. 여긴 양호실이나 야간 진료소가 아니다. 왜 이런 걸로 왔냐고 보호자에게 물어보았다.

응급실 이야기

"노인이 밤에 아프다는데 어떡해요?"

정상 범주의 보호자는 아니다. 항생제 먹고 경과 보는 질환이라 항생제를 처방하지만 이런 단순 질환으로 상급 병원 응급실은 오면 안 된다고 단호하게 말하고 퇴원시켰다.

만약에 이 사례를 읽으면서 '서울대병원 응급실로 갈 수도 있지'라고 생각했다면 정말로 반성해야 한다. 두통, 어지러움, 복통, 흉통 등 다른 문제가 있을 수 있는 증상으로도 무조건 방문을 자제하라는 것이 아니다. 단순 피부질환처럼 위중하지 않은 문제로 방문하는 것은 매우 부적절하다. 잠깐 만나고 퇴원하는데 뭐가 문제냐 생각할 수 있지만 그 과정 중에도 불필요한 서류작업들이 많고 응급실 간호사도 퇴원 교육을 하거나 약을 챙겨 주면서 시간을 소모한다. 응급실 공간이 부족하여 들어오지도 못하고 응급실 밖에 대기하고 있는 사람들 중에서도 중증 환자가 숨어 있다. 이런 것들이 쌓이다 보면 정말 위중한 사람들에게 빠르게 해야 하는 처치가 늦어진다.

나도 응급의학과를 전공하기 전에는 전혀 몰랐지만 응급실에도 의원, 병원, 종합병원과 같이 단계가 있다. 지역 응급의료기관, 지역 응급의료센터, 권역 응급의료센터, 중앙 응급의료센터(국립중앙의료원)로 나누어져 있다. 중앙 응급의료센터는 재난 상황이나 교육 등이 아닌 일반 상황에서는 접할 일이 잘 없으니 생략하자. 응급하고 중증도가 높은 상황에서 최종 치료를 제공해 줘야 하는 최상급 병원이 권역 응급의료센터라 생각하면 된다. 흔히 '빅 5 병원'으로 알려진 병원 중 신촌세브란스병원, 서울아산병원, 삼성서울병원, 서울성모병원은 놀랍게도 권역 응급의료센터가 아니다. 119에서 중증 환자 혹은 병원이 잘 수배되지 않는 환자들은 권역 응급의료센터로 많이들 이송하는데 이들 병원은 만성적으로 병실이 부족하고 응급실이 혼잡해서 환자를 추가로 수용할 여력이 없기 때문이다. 오히려 서울에서는 이대목동병원, 고대안암병원, 강동경희대병원 등이 권역 응급의료센터로 지정되어 그 역할을 해 주고 있다.

내가 일하는 서울대학교병원과 분당서울대학교병원도 권역 응급의료센터인데 서울대학교병원은 권역을 유지하고는 있지만 이미 병실이 너무나 부족하다. 희귀질환이나 암 등으로 진료

보던 외래 환자가 만성적인 문제로 상태가 좋지 않더라도 어차피 병실이 없어 입원을 할 수가 없으니 이들을 응급실에서 수용해 주기 어렵다(서울대병원 외래와 응급실은 별개라 보면 더 적절할 것 같다). 때문에 외래에서도 환자에게 당장 처치가 이루어지지 않으면 곧 죽을 상황이어야만 응급실로 보내고, 그 정도가 아니면 소견서를 작성해서 동네 병원으로 보내고 있다. 상황이 이렇게 안 좋다 보니 119도 당연히 많이 수용하지 못하고, 수용하더라도 응급실에서 처치 후 곧바로 전원을 가거나 하루 이틀 응급병동으로 입원해서 추가 처치를 하고 전원을 가야만 유지된다. 전원을 거부하면 입원 없이 응급실에서 보다가 나아서 퇴원하거나 응급실에서 대기하다 지쳐서 전원을 가는 정도다. 여러모로 권역 응급의료센터의 역할을 잘 하고 있진 못하는 것 같다. 하지만 방법이 없다.

그나마 서울은 대체할 병원이라도 많지만 경기 남부 지역은 작은 종합병원들이 부족하기도 하고 중증도 높은 환자를 진료하기 부담스러워하여 분당서울대학교병원에서 무리하게라도 환자를 많이 수용하고 전원도 많이 받고 있다. 때문에 분당서울대학교병원 응급실에는 낮에 환자가 100명 이상 체류하고 있는 날도 흔하다. 응급실 포화도가 200%를 넘어간다. 중소 대학병원 응급실에 환자가 많을 때 20~30명 체류하고 있으니 그 3~4배의 환자를 소화해 내고 있다. 그러다 보니 입구에서 선별 간호사 얼굴을 보는데도 30분 넘게 소요되기도 하고 의사를 만나는데 1~2시간 소요되기도 한다. 진료를 보고 나서도 혈액검사를 하거나 약을 투약하는데 두 시간 넘게 지체되는 날도 많다. 빠른 검사가 필요한데 도저히 검사가 진행이 되질 않고 있는 상황도 자주 생기고 그러다 보면 아직 못 보고 대기하던 환자에게 문제가 생기기도 한다. 응급실에 앉을 공간조차 없어 8시간 동안 응급실 밖 대기 구역에서 대기하고 있던 두통 환자에게 검사를 해 보니 지주막하 출혈(Subarachnoid hemorrhage)이 나와서 섬찟했던 날도 있다. 아무도 놀고 있지 않고 대부분의 의료진이 밥도 건너뛰거나 먹는 둥 마는 둥 2~3분 만에 털어 넣고 허덕이며 일하고 있는데도 겨우 유지되고 있다. 이런 상황인데 두 달 된 복통으로 CT 촬영해도 별 병이 없는데 불편하다고 외래가 아닌 응급실로 내원하거나 6개월 전부터 양손이 저릿하던 게 좀 더 안 좋다고 내원하거나, 독감 걸렸는데 수액 맞고 싶다고 내원하거나 위의 두 사례처럼 별일 아닌 피부 질환으로 내원해서 자원을 소모하면 정말 필요한 중증 환자에게 민폐를 끼치는 이기적인 행동을

응급실 이야기

한 것이다. 이들은 전부 권역 응급의료센터가 아니라 외래나 작은 의원, 병원에서 해결해야 하는 환자다.

일본의 관서 지역의 규모가 큰 대학병원에서의 한 달간의 연수 기회가 있었다. 일본은 놀랍게도 의료 전달 체계가 매우 잘되어 있었다. 경증 질환은 하급 기관에서 진료하고, 하급 기관에서 진료하기 어렵거나 위중한 환자들만 상급 기관으로 이송하는 것을 의료 전달 체계라 생각하면 된다. 우리나라의 권역 응급의료센터를 일본에서는 고도 구명 구급센터(高度救命救急センター)라고 하는데 여기는 정말로 중증 환자만 방문한다. 물론 야간에는 단순 질환으로 방문하는 사람이 일부 있지만 그런 사람들은 하루에 10명이 채 되지를 않고 대부분은 아래 단계의 작은 응급실을 방문한다. 일본 현지인들과 일본 의사들에게 그 이유가 무엇인지 물어보았다. 하급 의료기관을 방문해서 진료 본 이후에 상급 기관의 진료가 필요하다는 의뢰서를 가지고 오지 않고 곧바로 고도 구명 구급센터를 방문하면 추가 비용이 발생하는데 비용이 6천엔 우리 돈으로 6만 원 정도였다. 검소한 일본인들은 작은 병원에서 해결할 수 있는데 불필요하게 큰 병원을 방문함으로써 지불하게 되는 이 6만 원이 아까워서 작은 병원으로 우

선 방문한다고 한다. 우리나라는 6만 원 정도면 기꺼이 지불하고 곧바로 서울대학교 병원으로 가서 진료 보려고 하는 사람도 많을 텐데 말이다. 그리고 일반인들에게 큰 병원은 한 번 방문했다 하면 검사는 온갖 비싸고 불필요한 것을 다 하고서는 막상 주는 약은 작은 병원과 별로 다르지 않다는 이미지가 있다고 했다. 정확한 생각이다. 응급실에서 급성기에 쓸 수 있는 약은 일본에도 한국에도 미국에도 몇 개 없다. 그리고 입원해서도 급성기 치료가 끝나고 상급 병원에 입원해 있을 이유가 없는 환자들은 규모가 작은 병원으로 전원이 아주 잘 이루어져서 병실 사정이 꽤 여유로운 장점도 보였다. 일본에도 그 나름의 문제는 분명히 있겠지만 위중한 환자만 상급 병원을 방문하니 빠르게 응급처치가 잘 이루어질 수 있고, 처치가 끝나면 곧바로 입원을 하며, 어느 정도 안정화 후 하급 병원으로 전원 가면서 응급실도 병동도 과밀화되지 않고 잘 돌아가는 모습이 부러웠다.

우리나라 사람들이 나쁘다고 생각하지는 않는다. 나도 응급실의 의료 전달 체계가 있는 것을 의과대학을 졸업하고 4년이 지나서 이 업계에 종사하고 나서야 알았으니까. 홍보가 덜 되어서 사람들이 모르는 게 가장 큰 문제고, 며칠 경과를 보면 되는 가벼운 환자를 수용해 줄 중소 종합병원이 부족한 게 두 번째 문제다. 그리고 환자들은 무조건 대형 병원에 다 나을 때까지 있겠다고 고집할 게 아니라 상급 병원은 짧게 최종 치료를 제공하고 빠르게 비워 줘야 한다는 인식을 꼭 해야 한다. 상급 병원이 과밀화되다 보니 위험한 상황들이 자꾸 생긴다. 모 대학병원 응급실에서 진료 대기하던 환자가 사망한 채 발견되었던 사건을 포함한 여러 문제가 곪다 못해 계속 터지고 있다.

26. 소아 응급 의료

3살 정도 된 여자아이가 배를 아파한다고 응급실로 왔다. 서울대학교 병원 응급실로는 흔하고 가벼운 질환부터 희귀한 질환까지 다양한 환자가 내원하고, 전공의를 대상으로 교육도 아주 잘 이루어져서 수련기간 동안 다양한 증례의 진단 및 처치를 배울 수 있다. 복통이나 구토 등의 복부 증상으로 내원한 5살 미만의 환아에게는 가급적이면 초음파를 대어 보도록 배우는데, 건강하던 소아에게 생길 수 있는 위중한 복부 질환은 몇 개 없고 5살 미만에서는 장중첩증만 아니면 며칠 상간에 죽는 일은 없으며 장중첩증은 몇 번만 경험이 쌓이면 초음파에서 잘 보이기 때문이다. 물론 창자 회전 이상(Intestinal malrotation)을 보기 위한 혈관 평가를 포함해 초음파로 전반적으로 평가하는 것도 배우게 된다. 복부 증상으로 오는 절대다수의 환아는 변비나 단순 장염이 원인이지만 그래도 여러 번 대어 보고 자주 정상 소견을 보면 이상 소견을 만났을 때 '뭔지 몰라도 이건 정상이 아니다'라는 느낌은 확실하게 받을 수 있으니 좋은 가르침이 된다. 어찌 되었건 이 3살 여자아이도 변비나 장염이겠거니 하면서 복부 초음파를 봤다. 그런데 혈관과 장은 괜찮은데 간에 아주 큰 종양이 보였다. 무슨 암인지는 몰라도 이게 암이라는 것은 확실히 알 수 있었다. 소아청소년과에 연락을 했고 환아는 입원해서 항암치료를 시작했다. 응급할 것은 없지만 그래도 여기저기 전전하며 암을 키우지 않고 병을 빨리 발견한 것이니 환아에게는 도움이 되지 않았을까. 하지만 이렇게 우리 병원 응급의학과에서 일하면서 뭔가 특이한 질환을 발견하거나 위중한 환아를 만나도 별 걱정을 하지 않는 것은 응급처치가 끝나면 배후에 존재하는 소아청소년과가 입원 치료나 추가 정밀 검사가 필요한 환아들을 잘 처치해 주는 최종 병원이기 때문이다. 그렇지 못한 병원이라면 난해한 경우가 많다.

하루는 경북 구미에서 초등학생 남자아이가 두통을 호소해서 근처 응급실을 방문했고 CT에서 뇌출혈을 확인했다. 뇌출혈도 양이 적으면 조금 지켜볼 여지가 있는데 양이 많으면 두개골의 닫힌 공간 내에서 뇌가 압박되며 심각한 문제가 생기고 빠른 수술이 필요하다. 이 아이는 안타깝게도 양이 상당히 많아서 뇌가 압박되었고 응급실에서 점차 의식이 떨어지기 시작했다. 숨길을 유지하기 위한 인공호흡기를 적용했다. 더 슬픈 일은 근처에서 이 환아를 수용해 주지 못한 것이었다. 경북, 대구 지역의 대학병원들과 부산, 경남 지역의 대학병원까지 수소문했지만 소아 뇌출혈 환자에게 수술을 해 줄 수 있는 신경외과 당직 전문의가 없어 수용이 불가능하다 했다. 도저히 병원을 찾지 못해서 충청도 등 위쪽 지역까지 전원 문의를 하다가 서울에서도 위쪽에 위치한 서울대학교 병원까지 문의가 왔다. 서울대학교 병원 어린이 응급실은 우리나라 소아 환자의 최종 병원이라고 생각해서 다른 병원에서 해결 안 되는 위중한 환아는 거의 대부분 수용한다. 출혈이 생기고 시간이 많이 지났고 거리가 너무 멀었지만 이 환아도 수용하기로 했다. 출혈이 생기고 8시간이 넘어서 의식이 없는 상태로 우리 병원에 도착했고 곧바로 개두술을 받으러 수술방으로 올라갔다.

응급실 이야기

이렇게 극단적인 일은 드물지만 위태롭게 유지되던 소아 응급의료가 무너지고 있는 것은 부정할 수 없다. 전공을 정하기 전 의과대학, 인턴 시절을 돌이켜 보면 소아를 진료하는 것에 대한 선호도는 중간이 없는 것 같다. 아이는 말이 통하지 않으니 보호자와의 대화가 중요한데 일부 극성인 보호자를 만나는 것도 싫고 우는 아이를 달래 가며 진료하는 것이 싫다고 하는 사람이 많았다. 소아청소년과를 전공하는 사람들은 '애니까 울 수도 있고, 애가 아프다는데 극성일 수 있지.'라고 생각하는 성자들이 대부분이었다. 그런 성자들이 모인 소아청소년과도 중도 이탈하는 전공의가 꽤 많았는데 겨우 버텨 오던 이곳을 무너뜨린 계기가 2017년 12월 발생한 이대 목동병원 신생아 사망 사건이었다. 원내 감염에 의한 패혈증으로 신생아 세 명이 사망한 사건이었는데 아마도 오염된 주사약이 문제였을 것이다. 문제는 신생아 중환자실에서 살다시피 했던 신생아 담당 교수님을 구속해 버린 것이다. 시간이 한참 흘러 의료진 개인은 무죄로 나오긴 했지만 안 좋은 아이들 보다가 잘못되면 구속될 수 있다는 생각에 소아청소년과를 지원하는 전공의가 급락했다. 사건 다음 해인 2019년 전공의 지원율이 80%, 2020년 73%로 점점 떨어지더니 2021년 35%, 2022년 26%, 2023년에는 무려 16%까지 떨어졌다. '빅 5

병원'도 미달이고 전문의가 1년에 40~50명 정도밖에 배출되지 않게 되었다. 애초에 60만 명 이상 되던 출생아 수가 30만 명도 안 될 정도로 줄어들어 버리니 소아 환자 자체가 절반 이상으로 감소해서, 이미 죽어 가는 시장인 소아청소년과로 지원을 안 하는 문제도 겹쳤다. 대학병원 의국에 결원이 생기면 남은 전공의들에게 그만큼 당직 업무와 주치의 업무가 몰리는데 그 업무를 감당하며 힘들게 수련할 이유는 없어서 지방 대학병원은 지원자가 끊겼다. 미달이긴 해도 그나마 의국이 아직 유지는 되는 '빅 5 병원'이나 겨우 일부 충원되는 수준이다.

이렇게 악순환이 지속되었다. 수년간 지원자가 없어 폭파되어 버린 중소 대학병원 소아청소년과 의국은 밤새 당직 근무를 할 전공의가 없으니 입원실을 많이 닫았다. 대학병원 당직 근무가 편한 것도 아니고 당직이 끝나고 정규시간에 해야 하는 일도 또 있다. 이제 팔팔하던 전공의가 아닌 몸이 닳아 버린 전문의들은 당직 근무를 서려고 하진 않는다. 이들에게 뭐라고 할 일은 아니다. 일반 회사원도 당직하고 다음 날 정규 근무도 이어서 하라고 하면 못 버틸 텐데 내가 하기 싫은 건 남들도 하기 싫은 법이다. 경제학의 아버지인 애덤 스미스는 "경제적 인간은 언제나 자신에게 최고로 이익이 되는 선택을 한다."라고 말했다. 자본주의 사회에서 별로 이익이 되지 않으니 소아청소년과를 안 하는 것이고 병실도 운영을 못 하는 것이다.

이제 골든 타임이 지났다. 많은 병원에서 소아 입원실을 닫아 버렸다. 입원이 안 되고 배후에서 서포트 해 줄 소아청소년과 당직의가 없으니 응급실에서 응급의학과가 혼자서 소아 진료를 봐 주기도 부담스럽다. 입원실을 유지하는 병원은 이미 근무강도가 한계까지 몰려 있기 때문에 응급 평가 후에 입원이 필요한 환아를 전원 보낼 수 있는 병원 찾는 게 쉬운 것도 아니다. 또 혼자서 열심히 처치했으나 환아가 악화되어 심정지에 이르게 된다면 책임에서 자유로울 수 없다. 그러니 소아 환자를 수용하지 않는 응급실이 많아졌다. 중소병원에서 수련한 응급의학과 의사는 소아 환자를 전혀 안 보면서 전문의를 취득하기도 한다. 소아 신경외과, 소아 외과, 소아 흉부외과의 어려움은 더 말할 것도 없다. 국가에서는 소아 환자를 수용 거부하지 말라고 규제가 들어오지만 진료한 경험이 없으니 볼 줄 몰라서 못 보는 걸 어떡하나. 이제 규제, 강제로는 유지하는 것이 불가능하다. 소아 진료를 적극적으로 유치할 만한 유인 요인을 확실하게 만들어야 한다. 고등 교육을 받은 사람들은 대부분 경제적 인간들이다. 소아 응급의료의 문제를 해결할 골든 타임은 지났고 이제 곧 심정지가 일어날 예정이다. 심폐소생술을 해도 살아난다고 확신할 수 없다.